# 放毒

Pàng to̍k

台語小說集

Tō͘ Sìn-liông
杜信龍——著

本冊採用傳統白話字，
漢羅用字參考《台文通訊 BONG 報》。

獻 hō 阮老爸、老母
kap 目前 iáu m̄ 捌字 ê 兩个囝仔

# 目錄——

蔣爲文
005　推薦序｜台語文學 ê 護國工程師

Tēng-pang Suyaka Chiu
007　推薦序｜ Kō thiàⁿ 心 pū-- 出 - 來 ê súi

Lîm Jū-khái
014　推薦序｜ Chiâⁿ chòe ū pē ū bó ê Tâi-gí lâng

杜信龍
017　自　序｜夯枷？


021　放毒

041　Kap 女同事 ê 祕密

045　阿忠 kap 阿義

053　審判

079　情刀

105　天星溪河

113　阿芬

139　A-lâm

143　Saⁿ-kha-á

167　PP 基因新突變

175　　　　走票

185　　　　紅包 lok 仔


207　　　　作品寫作、發表紀錄

推薦序

# 台語文學 ê 護國工程師

## 蔣為文
### 國立成功大學台灣文學系教授

信龍原底是電子半導體工程師，後來感受tiỏh母語文化流失ê嚴重，soah hāⁿ領域投入台語文學ê創作，chiâⁿ-chò文化建國ê護國工程師。這kúi年來伊 mā chhiâng-chāi thẻh文學賞。台灣 nā ē-tàng有khah chē 像信龍chit-khoán ê護國工程師，lán tek-khak ē-tàng眞kín建立台灣文化ê主體性！

信龍ê文學作品量約有三个特色：頭一个是logic性koân。工程師因爲有khah chē自然科學ê訓練，só-pái logic ê思考khah清楚。伊ê小說眞有理路、bē拖棚，這 mā ùi信龍ê作品看會出來。第二，文學語言眞有台語khùi。伊眞 kut-lȧt學習無hō͘中國話òe--tiȯh ê台語，só-pái作品lāi-té ê台語 lóng 眞toan-tiah，這是目前bē-chió少年輩ê台文創作者眞欠缺ê工夫。伊 mā用心經營台語家庭，m̄-nā tī厝內hām囡仔講台語，mā tiāⁿ-tiāⁿ chhōa囡仔來成大台文系hām教會公報社聽台語囡仔kó͘，ǹg-bāng hō͘囡仔khah chē 台語ê生活環境。第三个特色是關心社會、替弱勢者發聲。伊 m̄-nā關心社會ê個人，mā關心族群hām國家。

二二八大屠殺、武漢肺炎對世界ê危害、中國戰狼對香港hām台灣ê壓霸chia ê議題，lóng chiân-chò伊小說ê一部份。

　　信龍taⁿ beh出小說集，這m̄-nā是伊家己歡喜ê代誌，mā是台灣文學界ê大代誌，因爲lán文學界koh加一位護國文學家！我眞推薦這本小說hō各位讀者。

推薦序

# Kō thiàⁿ 心 pū-- 出 - 來 ê súi

Tēng-pang Suyaka Chiu

台文作家、台灣唸歌 kah 恆春民謠傳承者

恭喜信龍兄出新冊。

Che 是我頭 kái kā 朋友 ê 冊寫序文，感覺眞光榮，koh 朋友信 lán 有 kàu giáh ê 因端，ē 想 beh kā 寫 hō͘ khah súi-khùi leh，nā 是寫 liáu 無 sù-sī，是小弟 hân-bān，chiah 請信龍兄諒情。Kā 朋友 ê 冊寫序文 m̄ 是講 lán khah gâu，全是朋友無棄嫌 kā lán 牽成，hō͘ lán ê 人生 ke 一款自我操練 ê 機會 kap 經驗，che m̄ 是 kò͘ 謙，是心內話，lán ka-tī 知影，sui-bóng lán bat 寫過幾篇 á 台語小說，論眞講經驗 iáu 眞 chíⁿ，有 kóa mê-kak ài koh 學習，m̄-koh 我 ē 用 siōng 大 ê 誠意 kap 頂眞 ê 態度來寫 hō͘ sù-sī。

Kā 朋友 ê 冊寫序文，我想 m̄-thang 講人 tó-ūi 寫 liáu bái，tiòh-ài án-chóaⁿ 寫 tú án-chóaⁿ 寫，來 kā 人 chhiâⁿ-kà，chit 款寫序文 ê hoat-tō͘ 我 bē-hiáu，mā 感覺對邀請 lán 寫序文 ê 朋友 chiâⁿ 無 kā 人尊存，顚倒 nā ē-tàng 寫 kóa o-ló 作品 ê 言語，講好話，kā 作品 ian-tâu ê 所在 tiám-tuh hō͘ 人知，án-ne 冊 hoan-sè ē khah 好賣 --kóa iā-kú-káⁿ，che 對台語文運動應該 khah 有正面 ê 幫 chān。

信龍兄 chit phō 小說集眞 pih-chah，lóng 總有 12 篇，長 --ê chhiâ tú 天，短 --ê kàu pìn 邊，主題 chiaⁿ chē 款，風格 kap 伊 ê sèng sio-siâng，看 tō 知影 m̄ 是外口偷生 --ê，taⁿ 我 tō kā 看 --tiȯh-ê kap tȧk-ê bóng phò-tāu。

Lán ùi chit 本小說集 tō thèng-hó 知影信龍兄是 chit-ê chok 頂眞、kut-lȧt leh 面對伊 ê 作品 ê 人，kap 伊面對人生全款，nā m̄-siàn 你 ē-sái 讀 khòaⁿ-māi，看我講 --ê kám 有影。頭 chit 項，我感受 ē tiȯh 伊讀 chok chē 台語冊，koh-khah 是文學作品 ê 冊，來 kā 伊 ê 語文素養 ê 地基 phah hō͘ chāi-chāi-chāi，liáu，kā 伊消化，hō͘ 伊蓮花再 seng，chiâⁿ 做 ka-tī ê 內才，che lóng 眞顯目 tù-hiān tī 伊 ê 作品頂頭，hō͘ lán 讀 tiȯh chiâⁿ sūn-liû，無 thàu-lām 北 á 話 hit 款 khê-khê ê 症頭，讀 liáu khi-mó-chih put-lí-á su-put-lín-giang。

Tī 伊 ê 作品內底，信龍兄 mā 眞 gâu 明喻暗比，有時 koh ē kā 伊 ê 作品 sám chit-kóa giȧt-khiat、khoe-hâi、kek-ngó͘-jîn ah-sī sau-phî、khau-sé ê 味素 tī 內底，hō͘ lán 讀 tiȯh ke 眞心適趣味。

像〈A-lâm〉chit 篇伊講：

查某囡仔 ê 心比工程數學 koh-khah oh 解，解法千變萬化，是講 hia-ê chiâⁿ gâu phāⁿ chhit 仔 ê 同學，工程數學 ê 成績一个比一个死著 khah 歹看。內底 koh 有幾个重修 ê 學長。

Chit 款用解工程數學來譬論了解 cha-bó͘ gín-á ê 心，phah-sǹg

kan-na 伊 chit 款讀理工 ê cha-po͘ gín-á chiah ē án-ne-seⁿ，hō͘ lán 平平是讀理工--ê 感覺眞 kó-chui。

Koh tī〈Kap 女同事 ê 祕密〉chit 篇有 chit tah 講：

我實在無法度忍受伊 sai-nai ê siâⁿ 弄。我親像 hit 隻 ka-choàh mā thang 接收伊身軀每一粒細胞 ê tiô 跳，koh 透 lām 一種 chiok 特殊 ê 芳味，kā 我迷 kah m̄ 知東南西北。我知伊 ê 暗示。總--是，看著 hit 隻 ka-choàh 有一點仔不安。

Á nā siōng lō͘ 尾 hit 句 tō 有淡薄 á 心適 kap 哲理，伊講：「若欲偷食 ê 人應該 ài 去研究 ka-choàh 生活 ê 哲學 chiah tiòh。」用 chit 款語句去回應頭前男女主角 ê 暗示 tèk ê 對話：「我 giâu 疑你眞正想 beh 飼 ka-choàh--neh。就親像 lán chit-má ê 關係全款。」Hō͘ 人讀 tiòh 伊 tiám-tîn ê 對話鋪排，chia soah hō͘ 我有 chit ê 想法，nā kā chit 篇改做〈Ka-choàh〉，m̄ 知 kám ē khah kok-pih？

信龍兄 ê 小說 m̄-nā 有虛構 ê 趣味，mā 有事實 ê sau-phî kiau 對不義 ê 控訴，伊對政治 láu-á 是無 leh 手下留情 ê，lóng 用筆尖 kā chhàk kah 血流血滴，hit 篇〈ΓP 基因新突變〉kiau〈走票〉tō 是 siōng 好 ê kan-chèng，lán ē-sái chim-chiok kā 讀 khòaⁿ-māi；á nā 歷史事件內底 ê 人物 mā 是 hō͘ 伊 liô kah 血 sái-sái，像〈Saⁿ-kha-á〉chit 篇內容 chok 活跳 ê 作品，有 chit 段 leh khau-sé 二二八事件高雄 ê 殺人魔王彭猛 ê 時 án-ne 講：

　　彭猛伊真享受刣人ê滋味。伊不時思念徛tī jì-puh仔頂koân，雙手kā機關銃lak-tiâu-tiâu，pin-pin-piàng-piàng自由掃射hia-ê民眾。雖bóng，機關銃ê聲kiōng-beh kā人ê耳空chhak--破，伊猶原ē-tàng聽著hia-ê民眾ê哀聲，in ê哀聲kap伊ê笑聲合奏--起-來，對伊來講，是gōa優美ê音樂。

　　Liah-gōa，〈San-kha-á〉chit篇mā kō直破ê手路kā二二八台灣人hōng thâi ê事實寫kah hō lán讀kah心肝頭chok艱苦，像：

　　阮bat一kái用41隻卡車載死體，he m̄-nā有造反--ê，管待你有iah無，路--裡看著人lóng照tōan，che就是三--哥ê su-té-luh，hām我hit時看--著mā ē跤尾手冷。Aihn，逐隻車ná駛血水ná滴，beh到愛河hia規條路lóng mā紅赤赤，臭chho kah，che mài問--lah。總講--一-句，人間地獄。歡迎祖媽chiann做一个落花夢，夢碎人亡。你ē聽kah目箍紅，he是正常--ê。

　　Mā kan-tan tī做夢ê時，阿三chiah想起伊過去做--過ê lah-sap代。伊命令官兵用銃尾刀kā hia-ê無辜ê市民手蹄chhak一空，thang好kǹg鐵線，一个tòe一个。阿三徛tī jì-puh仔頂koân，ná放送講chia-ê台灣人是反叛者ná押chia-ê人遊街，tit-beh來tī火車頭銃決，叫逐家出來看。

Put-lî-kò che iáu m̄是 chit 篇作品 siōng-kài jió-toh ê 所在。Nā 講 tiòh che，我 tō beh kā tàk-ê 報，siōng-kài jió-toh ê 是信龍兄 tī 作品內底 kā「殺人魔王」清算伊 ê chōe-kòa，chiah-koh 用伊心肝內 ê chōe-kòa kā lêng-tī kah 起 siáu，thang 慰安台灣 iáu-bē kian-phí ê khang-chhùi，chit 款手路 hō 我想 tiòh William Shakespeare 有名 ê 詩劇《Macbeth》內底有 chit 幕，tō 是 Macbeth in 某為 tiòh 篡奪王位 thâi 死國王，liáu 後 bē-kham-tit 良心 ê lêng-tī，tàk 暗夢遊 leh 洗 hit 雙 bak 血 ê 手全款。Che hō lán 理解，m̄ 管 gōa-nī 粗殘 ê 人，lóng 無 hoat-tō 走閃天地良心 ê 監督 kap 譴責。

Chit 篇〈Saⁿ-kha-á〉koh 有 chit tah siōng 美妙 ê 鋪排，tō 是福生--á ê 手尾字，用台語白話字 kap tī 中文漢字內底，hō lán 看 tiòh 信龍兄對 hia 粗殘 koh m̄-bat 台灣文化 ê chheⁿ-mê 牛（cheng-seⁿ）ê khioh 笑，sui-bóng 看 tiòh 心 chok sng。

信龍兄 ê 小說 mā 有探討人生、感情 ê 主題，像〈天星溪河〉、〈情刀〉chit nñg 篇，tī〈天星溪河〉內底伊 kā tàk-ê 問講：「人死了後，是 m̄ 是 ē 變天頂一粒星？」Chit 款對人生 ê 意義 kap 價值 ê giâu-gî，我想 tō 是伊 beh 留 hō lán tàk-ê 去 chhim-tîm 思考--ê。〈情刀〉chit 篇內底有 chit 段 leh 描述「紅」，十足展現伊書寫 ê 工夫：

Hit 種紅 koh hō 伊想起淑雅 leh 生 in 第一胎 ê 時、大出血 ê 情境。⋯⋯。Hit 種紅 koh hō 伊想起 Anna ê 喙脣紅 hám-hám ê 胭脂，

親像吸石吸伊 ê 神魂，伊無才調控制，mā 想起 hit kái Anna 穿 khōng-pú-lè-sà 衫運動時好身材 ê 模樣。Hit 種紅 koh hō 伊想起結婚 hit 暝淑雅紅 thàng-thàng ê bu-là-jià kap 內褲，伊 kā 淑雅講過伊真 kah 意 hit 種火紅 ê 色水，完全 kā 伊男性 ê hơ-lú-bóng kap 氣魄點 tòh。

　　Sòa--lòh lán 來講〈走票〉chit 篇作品，leh 寫政治 láu-á 為 tiòh 個人利益發生 ê thâi 人事件，內中 ùi chit ê 派出所 ê 所長 ê 回憶，kā 60 多前 hia khan-khàp 烏白 lióng 道為錢交纏 hit 款手段粗殘夭壽、心肝奸雄不義，人食人 ê 世界寫 kah kàu-mê-kàu-kak，chham〈紅包 lok 仔〉chit 篇 kāng 款 lóng 是 thèh 台灣 ê 選舉文化做主題，beh 刺激台灣人覺醒 ê 作品，lán ùi〈紅包 lok 仔〉chit 篇 tō thèng-hó 發見伊 ê 用心。〈紅包 lok 仔〉chit 篇伊講主角阿楷為 tiòh 反抗不義 ê 代誌，hō 人 phah kah 送急診，lō 尾 tī 伊 ê 目尾留 lòh 一位蕃薯形 ê 記號，che chiàn-chiàn tō 是 leh kā lán 暗示講維護正義 ê 阿楷是台灣人 ê 形象，叫 lán ài 覺醒，m̄-thang chiàn 做 thún-tàh 台灣 ê pùn-sò 人，ǹg 望 lán ê 社會因為 tàk-ê ê 覺醒 chiàn 做 chit ê 有正義 ê 所在。

　　Liàh-gōa，tī〈紅包 lok 仔〉chit 篇小說，信龍兄引用民間 chhōa 香火 ê 傳說，kā 30 多前 hō 地方烏道 ê 政治 láu-á thâi--死 ê cha-bó-gín-á ê 命案，透過幼路 ê 排比，kā lán kái-phòa 烏金政治對民主社會進步 ê 破害，kàu kah chit 篇魔神小說 ê lō 尾 kā 公道

hêng hō͘ cha-bó͘鬼ê時，hō͘我心肝頭soah chok沉重，有chit款感慨：Hit ê cha-bó͘鬼bē-su是二二八ê冤魂，tńg來kā不義賊黨討siáu，tng等討tio̍h liáu後lán soah心肝頭眞艱苦，想beh háu，chit款艱苦ê心情，眞久無hoat-tō͘消tháu。

信龍兄chit本小說集khioh-khí頂koân hia精彩ê作品lia̍h-gōa，〈放毒〉、〈阿忠kap阿義〉、〈阿芬〉、〈審判〉lóng是眞jió-toh ê作品，ē-sái講是伊用chok chē心血寫chiâⁿ ê，值tit lán khai時間liâu-liâu-á kā欣賞，liáu，你tio̍h ē tì覺，lán nā是thiàⁿ台灣，知影台灣苦難ê歷史，lán tiāⁿ-tio̍h感受ē tio̍h伊hit款艱苦ê sim-chiâⁿ。我寫過the̍h二二八做主題ê mi̍h-kiāⁿ，我ē-tàng深深感受伊講--ê：「Tī寫作ê過程lán ê心理ná海水溢來溢去，he是偌nī仔艱苦，che你定著ài讀--過chiah ē知。」

Só͘-pái，小弟tī chia邀請各位朋友、台灣ê國親，ta̍k-ê kā chit本小說買tńg去讀，kā故事講hō͘你ê朋友、sī-sè聽，ǹg望有chit工，lán心thiàⁿ ê台灣，ē-tàng chiâⁿ做政治民主化、主權自主化、社會自由化ê súi koh新koh獨立ê國家。

Tēng-pang Suyaka Chiu

2023/3/7

推薦序

# Chiâⁿ chòe ū pē ū bó ê Tâi-gí lâng

Lîm Jū-khái

台灣文學系助理教授、台語詩人、歌仔冊作家

Pêng-iú siáu-soat chhiⁿh-tōng-chhàⁿ, hāⁿ kòe lân-koan thâu taⁿ-taⁿ;

Siá sū bô leh saⁿ phô-tháⁿ, bó-gí lâi siá bián kiaⁿ châⁿ.

Siáu-soat m̄-sī gō-sì-saⁿ, Tâi-gí tiòh lán tàu saⁿ âⁿ ;

Khit-chiàh hē-goān chin tōa-táⁿ, bó-gí tāng-tàⁿ i káⁿ taⁿ.


Sìn-Liông beh kā i siá ê siáu-soat khioh óa chhut-pán, lán ū-iáⁿ chin hoaⁿ-hí, mā thòe i hoaⁿ-hí. Koh lán iā chai-iáⁿ i mā siòk lán lí-kang lâng, beh siá-chok, khéng siá-chok, kài-sêng ū chit khám chin oh hāⁿ kòe ê lân-koan. I khiok in-ūi bú-gí ūn-tōng ê in-iû tảh jip bûn-kài, khéng taⁿ chit ê tāng tàⁿ, kam-goān giâ chit ki tāng kê. I sī gún kúi tang chêng Châu-khut thảk-chheh-hōe ê bûn-iú, siōng siàu-liân khiok sī siōng tiām ê lâng, láng siūⁿ-kóng i sī tōa kó͘-ì lâng.

Kóng khí bó-gí, lán lóng sī khit-chiàh, hē tōa-goān tảk-ê ē, mā kài gâu. Sī-kóng Sìn-liông, ū-iáⁿ chit pō͘ chit pō͘ tảh chhut i ka-kī sit-sit-chāi-chāi ê Tâi-bûn lō͘. Chit tiám lán iā chin kám-tōng khim-hòk. Lán chá-chêng leh siū<sup>n</sup>, chit sa<sup>n</sup>-cháp gōa tang lán kà kòe, chhui-sak kòe, ū nñg siâ<sup>n</sup>, bô chit siâ<sup>n</sup> ê lâng, ē-tàng lâi chòe chit khoán sū-kang, "Kán" lán tiȯh chhut-ūn ah. Tiȯh! Sìn-liông chhut-pán ê siáu-soat chip tiȯh sī chiah-nih tiōng-tōa, chiah-nih kó-bú lán-lâng ê sim-koa<sup>n</sup>.

I koh kiò lán kā I siá sū. Che sī lâng chun-chhûn lán, lán iā m̄-bat kâng siá sū, sū-sit che tùi lán iā sī tōa thiau-chiàn, lán kiù-chin m̄-chai sū tiȯh án-chóa<sup>n</sup> siá, ài siá siá<sup>n</sup>. Chóng-sī, tảh chit ê ki-hōe kap hoa<sup>n</sup>-hí ê sim-chiâ<sup>n</sup> chiap-siū chit ê jīm-bū, koh thang seng thảk i ê chok-phín. Án-ni hâ<sup>n</sup> chit ê ì tī sim-koa<sup>n</sup>-thâu, lán pháng ē khah chù-sim chim-chiok thảk. Sū thang siá kóa pò-kò tiȯh hó. Iá-m̄-kú, lán ê sî-kan lóng hông pảk khì, bô liōng-siōng, khióng-kia<sup>n</sup> kín-pek tiong-kan ē chhơ-sim tōa-ì, iah sī thảk tâ<sup>n</sup> khì, sū ơ-pȅh siá, soah hāi tiȯh lâng.

Góa siu tiȯh ê kó ū chȧp-jī phi<sup>n</sup> tñg-tñg-té-té ê siáu-soat. Lán siū<sup>n</sup> beh kín kā i thảk hō· oân, khiok bô hiah kán-tan. I tiah chhú ê lâng, kéng, sū-kiā<sup>n</sup>, ū kok-ka hiah tōa, kàu gene hiah sòe ê scale piàn-tōng, ū chhit-chȧp nî chêng kàu ta<sup>n</sup> ê lȅk-sú bê-thoân kap im-bô·, ū chek-sî hoat-seng ê ȧk-chêng kap bȧk-chiu chêng khòa<sup>n</sup> bōe chhut hiān-hiān ê gûi-ki. Thang kóng ū-iá<sup>n</sup> sim-sek, koh tài giȧt sèng ê khùi-kháu, kap lán bat ê i pún-lâng chha ū-kàu tōa-bé. Chú-tê iā sī lán Tâi-oân lâng lâng-lâng phó·-phiàn koan-sim chù-ì ê tāi-chì, chèng-tī, chèng-gī, lȅk-sú, kám-chêng, jîn-seng chióng-chióng lân kái lân bêng ê lóng chham-chhap tī chia.

Ko-chhim ê siáu-soat sū-sút siat-kè iah siu-sû chhiú-lō· lán khiohkhí mài kóng, lán thak i chia-ê lāi-iōng, bōe-su tòe i ū-sî tah-jip bông-bông biáu-biáu ê im-iông kài beh thó hôe lak khì ê lėk-sú kap chèng-gī, ū-sî tah-jip hóaⁿ-hóaⁿ bōe-bêng ê hoàn-kéng bāng-kéng thang ke chai-bat lán ka-kī ê chhú-kéng kap gû-gōng, koh tiȯh put-sí hō͘ i ngī thoa tńg-lâi chhiⁿ-léng bâ-pì ê hiān-sit sin-khu piⁿ bīn-tùi hiān-chhú-sî ê khùn-kéng, án-ni, lán siūⁿ-kóng i ê siáu-soat sī chán--ê, jioh-toh--ê, tat-tit lán lâi kó͘-bú chhui-siau. Sū-sit án-ná, siōng hó lín thȯk-chiá ka-kī khì thak khì him-sióng hun-sek, góa m̄-thang ke-ōe ke lāu-siap thian-thong khah ū-iáⁿ.

Án-ni-siⁿ siá, kám ū sêng sū, lán thâu pái kā lâng siá sū, lán mā m̄ chai-iáⁿ. Bô-lūn jî-hô, Tâi-gí bûn-hȧk chhòng-chok ū siá khah iâⁿ, ū chhut-pán tiȯh sī chán. Tâi-bûn chhòng-chok, sī chhui-sak bú-gú, siōng ū-hāu siōng khó-chhú, iā sī siōng tìm-táu kian-sit ê kang-têng, iā sī siōng bōe-sái boah siau ê kong-lô. Án-ni, góa kam-kek Sìn-liông ê tì-sim tì-ì kap lô-khó͘. Ǹg-bāng i Tâi-bûn chhòng-chok bōe put-chiap-it, iā ǹg-bāng chit pún siáu-soat chip chhut-pán ē-tàng khan-khioh chōe-chōe lán Tāi-gí lâng lâi chò-hóe tàu taⁿ chit ê tàⁿ, kam-goān tàu giâ chit ki kê. Hoan-sin bián koh chòe khit-chiah, mā bián koh chòe sè-î-á kiáⁿ.

Lîm Jū-khái

自序

# 夯枷？

乞食 hō 願？終其尾 ē 達成。有影？

Lán mā tio̍h 直透寫，人有看--著，chiah hō lán 機會出冊。

總--是，翻頭來看 chia-ê 寫 ê mih 件已經無法度滿足--lán。雖 bóng 有寡 thàng 疼，lán lóng ē 想盡量 mài 去看。

申請補助來出冊，是 lán 刁工--ê。若有 tio̍h，lán thang 逼家己，重 koh 看 chia-ê 寫--過 ê mih。逼家己 koh thang 進一步。

若無 tio̍h，thang 好 koh nauh 講世間就是不公？Lán 普遍性 lóng kā 家己 sak 遠，去別人看 bē 著 ê 所在。講是歷史、政治 iah 是經濟 ê 壓迫等等。Che mā 是有影 ê 代誌，是講 lán 人 ê 心理受過傷了後，m̄ 是 peh bē 起--來，無，就是 koh-khah 激烈。真少有正面 ê 循環。

Lán 生本就 m̄ 是 beh 做作家，寫母語完全是心肝 ê 不滿 kap m̄ 甘。Hit 時（2012 年 6--月）tńg 來府城，有機緣 kap 濟濟台語人鬥陣，khang-khòe 無 hiah-nī 操勞，無結婚……，chiah 無細膩踏入 chit 个籬仔。Taⁿ，無張持十多外。

有成就--無？在人講有講無，lóng好。Lán落尾khah致意--ê是過程，一份完成khang-khòe ê定著。

今仔日，lán mā ē-sái放棄mài寫，án-ne，lán定著ê感覺失去啥？人生無夠完整。

Lán mā bat想過設使若真正放一月日lóng無koh寫、無koh講母語，án-ne有影真正bē koh寫、bē koh講--ah。

自寫母語到出母語ê冊，lán無去計畫，mā真oh去拍算。畢竟，lán無靠che食穿。

寫了是m̄是有súi-khùi？故事情節好iah m̄好？有夠文學--無？Chia-ê問題lóng bat tī lán頭殼內想--過，有時koh hō͘ lán chiok chiau-cho。Lán kám ē-sái hiah大心肝？是ài有偌大ê法度kap堅持chiah thang完成--leh？

Lán kan-taⁿ一步一步行、匀匀仔行。

Lán mā經過bē少tī文字頂koân ê冤家量債，社團kap社團ê話來話去，tī網路頂chèⁿ kah花kô-kô……濟濟真負面ê代誌。

內底真正對運動、對母語保存有利益--ê真少。

Lán時間有限，khùi力有限，才情愈有限。Kan-taⁿ ùi家己做起，家己夯ê枷繼續夯。

Che短短薄薄--à ê小說集，是lán量其約9多外內底寫--ê，一冬一篇。Lán kā九成寫作ê時間用tī詩。Lán是kah意寫小說--ê，tī寫ê過程lán tiāⁿ-tiāⁿ行入去「心流」，he是一種幸福ê感覺。總--是，生活ê壓迫顛倒m̄准lán寫koh-khah濟。

　　M̄是lán無願意kā寫詩ê時間撥hō小說，是lán台語ê素養限制。詩雖bóng需要有koh-khah濟「弄文字」ê才調，總--是，字數少，mā khah好偷掠雞。Lán寫詩基本tèk是leh磨練母語詞niā-niā。講che m̄是beh phì-siòn詩人，詩kap小說無全文類眞oh比phēng。設使來看目前出版ê冊就知，che mā是母語復興ê過程中，眞「合理」ê現象。

　　Lán無意beh講文學，是簡單講chit本小說ê出世，lán是比業餘ê作者koh-khah業餘。

　　規本ê文字是採用傳統白話字，漢羅用字參考《台文通訊BONG報》。Chit部份lán就mài koh論，有趣味ê人chiah寫批來討論。若是硬講一定ài按怎koh按怎ê人，lán kan-tan祝福你早日chiân做教育部長。

　　Tī規个校對ê過程，lán是不安--ê。Lán小說ê情節、架構sio仝仔sio仝，che是落尾重看了後，chiah發現--ê。Che內底超過6,000字lóng是爲著beh比賽，lán量其約khai beh兩、三禮拜寫--ê。所致，規本實際寫ê時間有36个禮拜。當然，lán m̄是作家，免計較che時間，逐日字數ê產出。何況，che靈感mā m̄是隨hoah隨有。

　　不安？是--lah。Lán就是感覺淡薄仔清彩。感覺對不起ē去買來讀ê朋友，koh有過去hō lán bat刊tī雜誌ê編輯、校稿人員。

　　寫母語是lán人生上好ê投資。囡仔是lán上大ê作品--ah。

出冊是機緣，mā是lán ê業力做得來--ê。

　　心肝頭有bē少beh感謝ê人，定邦兄、凱--哥、俊州兄、正雄兄、阿仁兄、蕭平治老師，koh有一寡lán過去tī台語路bat tàu-thīn ê兄姊、老師kap有志。

　　Chit本冊眞濟不足ê所在，就請諒情。阮ē-sái koh-khah好--leh，總--是，tī chit段時間內，che是阮所有--ê--ah。

2023/2/22

# 放毒

　　Chit 件代誌，我感覺有義務 kā 伊寫 -- 出 - 來。無寫，無人知影 lán bat 有 hiah-nī 仔大 ê 危機 -- 過。寫 -- 出 - 來，算是我 ê 贖罪。

　　教室 m̄ 知影按怎，最近 ka-choa̍h 愈來愈濟。濟濟學生看著 ka-choa̍h lóng 驚 kah beh 死，獨獨俊秀真大膽兩肢手分別掠一隻 ka-choa̍h，ka-choa̍h 鬚 hō͘ 掠 tiâu-tiâu，跤 tī 半空中直直 liòng。伊 kah 意 chit 項專長，同學感覺愛笑，mā 看 kah 雞母皮 lak kah 規塗跤。伊唯一 m̄ 敢創治 ê 人是阿蠻。

　　Hit 年風颱天氣象預報失準，學生囡仔 lóng 來學校 --ah，升旗典禮了，sih-nah 一下閃就隨 khà 一聲脆雷，大雨落 -- 來。學生、老師四散 ak kah 身軀 tâm-lok-lok，趕狂 chông 入去教室。一個查某囡仔 ùi 窗仔 tham 頭 m̄ 敢入 -- 來，in 阿媽 tòe tī 後壁，一個面憂憂 ná 行 ná kap 老師講話。過一下仔久，老師紹介新同學是 ùi 別間學校轉 -- 來 --ê，叫同學 ài 好好仔照顧新同學。Kap 庄跤一般囡仔比，阿蠻穿插真大方，兩蕊目睭圓 kō-kō 一點仔 to bē 生份，ùi 學生囡仔每一位 lió -- 過，就是俊秀邊 --a 無人坐。

平常時愛hoa ê同學無放棄chit擺機會，大聲hoah、大聲鬧講：「俊秀邊--a有位！」

俊秀心內phih-phók-chháiⁿ，bē輸想著古早人千金小姐拋繡球，家己接--著、m̄敢siàu想ê ǹg望。一个面仔紅kì-kì，m̄敢攑頭，koh不時用目尾lió阿攣。阿攣對伊笑--一-下，俊秀規个人神魂親像就hō伊牽去十三天外。

落尾，阿攣無坐伊邊--a。

一見鍾情是一種奇怪ê行為，心肝意愛soah m̄敢講--出-來。伊掠ka-choáh kā阿攣heh驚，beh增加對伊ê印象，無論好--ê bái--ê。Siáng知阿攣一點仔to bē驚，koh做勢beh kā伊吞--落-去。Chit聲換俊秀tiòh驚，一个喙仔開kah大大。雄雄阿攣正手khiú俊秀ê正手手腕仔，倒手牽伊ê正手手khiau，輕輕仔sak一下仔hit隻活跳跳ê ka-choáh，ka-choáh一目nih消失tī半空中，摔落去俊秀ê喙空內。全班同學看kah恬chiuh-chiuh，老師一時mā m̄知beh按怎做，「緊，kā吐--出-來！」頭àⁿ塗跤直直催吐，ka-choáh soah拍生驚，直直ǹg伊慣勢ê烏暗去，m̄願hō人發現伊ê跤跡。

外口一時開日，tú-chiah ê生狂雨送來一chūn真涼爽ê風。阿攣看ǹg窗仔外，已經看無阿媽，mā無講再會。阿攣喙角微微仔tiuh--leh tiuh--leh，有真濟代誌無tè tháu ê形。

志開國小頂頭是飛行機航道，台南機場就是tī附近。墓仔埔hia hit籠lē仔叫桶盤淺，koh過--去叫水交社，日本時代有設

空軍營，後--來國民黨接收，全款做空軍眷屬宿舍。自1996年台海危機到taⁿ，第一島鍊海權sio輸贏，便若阿共--ā派戰鬥機飛來台海刁工超過中線，台南空軍機場就ē隨派戰鬥機去kā趕走。踮chia ê人看飛行機tī城市ê頂頭來來去去已經慣勢仔慣勢，一點仔to m̄驚有一日ē有飛行機栽--落-來。

兩、三隻飛行機飛--過，一chūn一chūn音爆聲am-khàm péng腹想beh吐ê感覺。伸手beh挖hit隻ka-choàh，mā無效。「你眞kah意ka-choàh--hohⁿ？」俊秀看阿鑾講話無tài情緒，tú-chiah ê笑容親像hō͘戰鬥機ê聲載走--去。

「Ka-choàh chiah濟，kám無人beh kā thāu hō͘死？」講了無偌久，雄雄家己喙角翹koân-koân，眞得意有chit種想法ê款。

「無愛--lah，ka-choàh眞古錐。你看，我koh kā伊吞--落-去。」俊秀可能無想--著，伊以後che類似ê代誌ē koh做一擺。

「Lín chia哪ē chiah chiàp有飛行機聲，眞吵--neh！Beh按怎讀冊。」

「Bē吵--lah，我以後koh beh駛飛行機--leh。」因爲受老爸ê影響，俊秀心內一直ǹg望未來伊mā ē-tàng做一个戰鬥機機師。

「我chhōa你去看飛行機好--m̄？」看飛行機歹chhèng-chhèng ùi低位ê所在一下仔khiú到天頂，iah是ùi天一下仔降--落-來。細漢時kan-taⁿ ǹg望飛向天，像鳥仔sut--一-下，飛去遠遠ê所在，下跤ê人用尊敬、欣羨ê眼神看，感覺眞chhiaⁿ-iāⁿ。

等伊眞正chhōa阿鑾來看飛行機ê時，已經是過25多ê代

誌。

　　Hit 時，軍營內無人 tiòh 肺炎病毒，政府眞早就做眞濟預防措施，軍方愈 koh ài ke 眞嚴格，所有人員分流排班，bē-tàng 清彩出外。負責戰鬥機 ê 相關人員，機師、維修人員、塔台控制 lóng 不時 tiòh-ài 回報家己 ê 身體狀況。

　　Chit 月日，阿共--ā 已經出動超過25隻戰鬥機來亂--ah。逐擺接著命令出動，俊秀心肝頭 lóng 是滿滿 ê 鬥志，守護家己 ê 國土是伊自細漢 ê ǹg 望，一直 lóng 無變。總--是，hiah chiáp 出勤，硬體維修就眞食力，危險性就 ē 增加。戰士無閃避 ê nôa-thâu，伊 mā 無第二句話。是想著 in 老爸，心肝頭鬱積--起-來。

　　想起 hit 日放學了後，飯食無一半，就 chông 便所，làu kah 虛 lè-lè。應該是 hit 隻 ka-choàh 引起--ê。Tng-leh 想新同學阿彎，一通電話 khà--來，是 in 老爸出代誌--ah。一隻運輸機 tī 雲林摔--落-去，內底18人無人活--落-來。厝內人無 hō 伊看老爸，因爲死體鬥 bē 出--來，揣 ē 著--ê 已經 lóng 集 tī 一具棺柴--裡。伊無 háu，伊根本無相信大人講--ê。伊認爲老爸 kan-taⁿ 是一時揣無路駛--tńg-來 niā-niā。伊若 ē-hiáu 駛飛行機，就 ē-sái 駛去揣老爸，kā 伊引路，接伊 tńg--來。

　　往事 koh tńg 來揣--伊，照鏡看見少年時 ê 老爸，看家己徛 thêng-thêng ê 模樣眞驕傲，眞有自信。總--是，生活猶原欠缺啥 ê 款。一 chūn 空襲警報來，拍斷碎幼仔 ê 記持。提一張皺 phé-phé ê 相片出來 siòng--一-下，是伊 kap 老爸 tī 飛行機頭前

hip--ê。喙 nauh-- 幾 - 句 - 仔，bē 輸 leh kā 相片 ê 人講啥。逐擺 beh chiōⁿ 天 ê 時，伊 lóng ē koh siòng 一擺，che 儀式是老爸傳 -- 來 --ê，hō 伊一種真堅定 ê 信念，hō 伊力量。

「緊 --leh，你今仔日 khah 慢 --ǒ，阿共 --ā koh 來 --ah。」國揚 --ā leh kā 催。

國揚 kap 伊是全期 ê 同學，兩人全組合作已經超過 5 多外 --ah，情感不止仔好。

一下 chiōⁿ 天，無偌久就看著兩隻中國機仔，無線電拍開全頻道要求 in liam-mi 離開。In 假無意訊號無清楚，要求 koh 講 -- 一 - 遍。俊秀 --à 隨 kā 飛彈引導拍 -- 開，in 雷達 lió-- 著 chiah 知死，m̄ 敢假痟，鼻仔摸摸 --leh 隨退出管制範圍。

「總有一工，chit 粒飛彈 ē 射 -- 出 - 去，無，好膽 mài 走，kā 我試看 māi--leh--lah。」

阿共 --ā 食著鹹，知影若無扽好 ē 無好收煞，就退 tńg 去中線。M̄ 知影按怎俊秀一時烏暗眩，目睭前一下白一下烏，飛行機翼股 phiàt--leh phiàt--leh，國揚 --ā 號做是伊 leh chhiàng hit 个阿共 --ā，展伊 ê 技術。雄雄，俊秀阿爸 ê 面容出現 tī 伊面頭前，iăn-jín 聲 kiōng-beh kā 伊 ê 頭殼 piak-- 開。In 老爸目睭 ná 火燒 gîn-ò͘ⁿ-ò͘ⁿ 看 -- 伊，大聲 kā hoah：「你竟然敢放毒害 -- 人！」一 chūn 胃酸滾絞沖到嚨喉，伊賭強忍 --leh。

一下落飛行機，天落毛毛仔雨，一時塗 ê 氣味 kap 紅毛塗 ê 熱氣 lóng 透 lām 做伙，hō 人感覺真 ak-chak、厭 siān。徛 tī 實實

在在 ê 土地頂 koân，soah 感覺重頭輕，感覺天親像 beh that--落 - 來，kiōng-beh bē 喘 khùi。

國揚 --ā 隨走 -- 來，「Hő<sup>n</sup>，tang 時性地變 hiah 歹，飛彈有影 beh kā kiat--落 - 去！」俊秀 m̄ 敢 kā tú-chiah 失神 ê 代誌講 hō͘ 伊知，m̄ 願 hō͘ 伊煩惱，而且若 hō͘ 頂頭長官知，無拄好兩人 lóng ē hông 禁飛。

「喙 am 掛--起 - 來，你 m̄ 知最近肺炎愈來愈嚴重 --nih！」

「Che lóng 是阿共 --ā ê 陰謀 --lah。生物戰成本低，清彩叫一个人 lóng 真簡單滲透 -- 入 - 來。規个營區就烏有 -- 去 --ah。」互相提醒家己身份特殊，ài koh-khah 細膩。

俊秀根本無心情 koh 講 -- 落 - 去，想想 --leh 可能有影需要歇一个長假，最近實在是操 kah beh péng-- 去 --ah。心肝頭上要意 --ê 是阿爸是按怎罵伊放毒？到底是放啥毒？

伊怎 ē tng 頭白日 leh 陷 che sa 無頭 cháng ê 眠？Beh 提阿爸 ê 相片，soah 一時揣無。應該是 beh 駛飛行機 ê 時，趕狂园入去 lak 袋仔，無拄好 hō͘ ka-láuh-- 去！雨愈來愈大，伊一人 tī 跑道揣，目屎無張無持 sûi-- 落 - 來。除了國揚，無人知伊 leh 揣啥。

Chit 種空虛 ê 感覺，tī 長期壓力粒積 -- 落 - 來，終其尾定著 ē 爆發。凡勢，che 就是阿共 --ā ê 戰術之一。高層當然 mā 知影派軍機來亂是一種「一兼二顧，摸 lâ 仔兼洗褲」ê 策略。假使疫情無法度控制，軍事防備疲勞，in 就有 koh-khah 濟本錢統一台灣。所致，不止仔要求空軍基地所有 ê 人員嚴格遵照防疫事

項。

　　食晝了，下晡半 the 倒 tī 眠床 ná póe 手機仔 ná 聽音樂，雄雄一通電話 khà-- 來。一个 chhang 脆、充滿飽氣喜樂 ê 聲鑽入來耳空鏡。

　　「林俊秀，我阿攀，kám iáu ē 記 -- 得？」

　　趕緊坐正，心跳自動切換戰鬥模式。規粒頭殼眞緊揣著記持 ê 屜仔，內底有伊 ê 笑容，伊烏 sìm-sìm ê 頭毛，一對迷人 ê 目睭。Chit 个聲音 kā 伊最近 ê 心悶化解做春天，koh 有親像熱 -- 人 tī 水 chhiâng 下迎接冰涼 ê 刺激，規个人得著重生全款。

　　阿攀眞歡喜俊秀 ē-tàng 完成細漢時 ê 願望，mā 答應有機會 ē kap 伊來看飛行機起降時 ê 威風。Chit 擺伊 ê 像查埔囝 án-ne，勇敢表達伊 ê 意愛。算算 --leh，koh 過幾多就 ē-sái 辦退休。濟年 ê 飛行已經接受 chit 途事業所承受 ê 風險，尤其 chit-chūn 壓力 koh-khah 大。是講，伊無想 beh 落尾 kap in 老爸全款，無張無持消失 tī 雷達，應該是爲家己 ê 人生拍算 -- 寡 ê 時 --ah。

　　「我 iáu ē 記得你 chiok 愛掠 ka-choàh！」

　　眞無 ta-ôa 留 che m̄ 知影是好 iah 是 bái ê 印象。伊 ē khà-- 來表示好 --ê。我一定 ài 把握 chit 擺 ê 機會！伊心內 án-ne 對家己講。空想約會 ê 細節，浪漫 ê 音樂聲，重黃 ê 光線有一點仔虛幻。伊穿一軀紅紅、làu 肩 ê 套裝，烏 sìm-sìm ê 長頭毛 sôe-- 落 - 來。伊牽俊秀 ê 手，chéng 頭仔 tī 伊 ê 手面彈奏，每一个音節 lóng 傳 ǹg 伊 ê 心肝窟仔。雄雄 koh 是一 chūn 烏暗眩，目睭仁 ê 影像倒

頭吊、扭曲、tńg-sėh，一大陣 ka-choảh ùi 阿孌 ê 喉 chông--出-來，沓沓仔 ùi 伊 ê 手股 sô--過-來。伊無法度 tín 動，無法度 hoah 出聲，kan-taⁿ 據在 in sô 入去伊 ê 喉空。

精神了後，chiah 知 che 是夢。想起是細漢時 ê 笑詼代，家己 soah 感覺愛笑，koh 想著阿爸是全一工死--去--ê。

「聽講你有查某朋友--ah，tang 時有閒 m̄ chhōa 來熟 sāi--一-下。」俊秀 án-ne 詼國揚。自從接著阿孌 ê 電話了後，規个人 lóng 精神--起-來。

「你 kám m̄ 知我是一个優秀 ê 演員？Thài 有可能 hō͘ 你知影所有代誌。」國揚沓沓仔 ùi 風 moa 內裡 ê lak 袋仔，假仙假 tak 提一張相片出--來，面仔 ê 笑容 hō͘ 俊秀有一種眞無爽快 ê 感受，伊說服家己可能是怨妒 niā-niā。

He thài 有可能認 bē 出--來？是按怎 hit 个人是阿孌！

是按怎 chiah-nī 拄好，細漢時初戀 ê 對象竟然是家己好朋友 ê 查某朋友！盡量維持表面 ê 冷靜，視線 oat ǹg 別面，m̄ 願 kā chit 項代誌講破。喉 nauh 講生著眞 súi，趕緊轉換話題。對俊秀來講，che 是伊迎接人生第一擺失戀。前幾日 ê 空想，果然 mā 是一場空。

「哈哈，hō͘ 我騙--去--ah。伊 m̄ 是我查某朋友，伊 kan-taⁿ 是一个徛壁--ê！」

「徛壁--ê！你講啥？」

Chit 聲俊秀 ê 心肝親像 beh 束--起-來--ah。肩胛頭變 chiok

硬，無法度喘 khùi，ná 有一枝 lak 鑽痟狂挖伊 ê 鬢邊，兩蕊目睭全血絲看國揚。短短幾分鐘 ê 衝擊，hō͘ 伊 kiōng-beh 徛 bē 在。M̄願國揚 koh 講--落-去，就走離開現場--ah。等 in koh 再講話，已經是等後一 kái 出任務了後 ê 時。

伊一定 ài 見證 chit 項代誌 ê 證據。伊 mā m̄ 敢 khà 電話 hō͘ 阿彎問 hō͘ 清楚。伊 beh 用啥資格去問--伊--leh？Hit 工拍電話 hō͘--我，kám 是需要人 ê 安慰、tàu-saⁿ-kāng？

「你 chhōa 我來去！」

「想 bē 到，擋 bē tiâu--ah--hohⁿ。行，哥哥 chhōa 你來見一下仔世面--leh。」

伊所有 ê 焦慮，lóng hō͘ 國揚看 tī 眼內，ná 看 ná 愛笑，bē 輸等 bē 赴看伊 ê 好朋友展現野獸 ê 一面。

真無簡單等到放假 ê 時 chūn，暫時解封。兩人照計畫駛車來到巷仔口，國揚 m̄ 知影 tang 時開始食薰，ùi 腰肚提一包薰出--來，規包薰倒 péng 大力 ùi 手面拍--兩-三-下，chiah tháu--開。規个動作真熟手，tu 一枝 hō͘ 俊秀，家己喉空 mā that 一枝。Lài-tah khiat-- 一-下，ù 薰尾，suh 大大一口 khùi，有講 bē 出--來 ê 爽快。俊秀 mā 感受無輸 tī 天頂 leh 飛 ê 自由，無 koh 再想，薰點 tòh，連 sòa suh 幾若喉。鬱積 ê 疑問浸 tī 白霧，愈看愈 bē 清，不而過，暫時 hō͘ 伊一寡燒 lō 抵抗不安 ê 頭緒。

「行入去十公尺，oat 正手爿，hit 間仁愛旅社就是。Kā 講揣蜜--à，he 是伊 ê 藝名。Sak-khuh 內底 lóng 有 chhoân，kài 清氣。」

國揚--ā奸神仔笑。

「Mài講--ah，伊是我ê初戀情人。我是beh來確定是m̄是伊niā-niā。」講完出車門，俊秀大力kā捽，hām月娘lóng感覺著憤怒。

離部隊報到ê時間iáu眞liōng，趁查某起床去洗浴ê時，ùi家己ê腰肚內提一包藥仔，生狂吞一粒，桌仔頂ê水罐sa--leh就灌。灌了就直衝去浴間，無顧查某iáu未清洗了，一路ùi浴間戰到眠床。

「我有súi--無。」一場激戰了後，伊phak tī查埔人ê身軀án-ne問--伊，眞滿足ê款。查埔人mā是規面樂暢滿足ê笑容，兩人規身軀lóng是tú-chiah激情ê汗水。伊mā無拍算回答，知影che終其尾kan-taⁿ是一場交易niā-niā。Khêng實，兩人心內寫家己ê劇本，想辦法ùi對方身--上得著利益。

Kiáu本身就是一種毒，若koh加上性，愈歹改--ah。若一跤踏--入-去，就無可能脫身。因為in食過重甜重鹹，就永遠bē放bē記--得。

Khêng實，國揚注意chit个所在眞久--ah。Hit多若m̄是家己愛poàh，無可能遇著阿彎。麥仔色ê洋裝眞貼身，規身軀ê線條牽挽眾人ê眼神，一雙火紅色ê koân踏仔leh kā世間人講伊皮肉白幼ê雙跤，頂半身ê兩粒奶仔leh呼叫堅強ê男性tio̍h-ài kā倔強放下。

Hit時kiōng-beh一多m̄ bat放假，規工hip tī軍營內，總算

ē-tàng出來揣伊ê烏貓。就是因為án-ne chiah差一點仔發生國安危機。

江湖leh行，chih接啥mih款ê人客當然早to lóng調查清楚--ah，thài有可能真正做老實ê生理！國際局勢tng-leh亂，中共早就安插不止仔濟ê su-pái tī軍事基地密切leh探查，鎖定可能ē-tàng收買、背骨ê對象。

國揚就是án-ne hông tng--著。細漢歹命ê阿彎只是符合劇情設計ê工具，用身體來siâ<sup>n</sup>查埔人出賣in ê靈魂。

幾若擺肉體ê i<sup>n</sup>纏，準講無感情，早就變成一種改bē掉ê孽。查某人ê hai<sup>n</sup>-chhan聲kap身軀ê溫度不時燒燙伊ê心肝，頭殼lóng眩kah gāng--去。Che一切少人發現，就算是好朋友mā m̄知。是講che結果lóng是烏衫人ê意料之內。

時機到--ah。

國揚koh來揣阿彎ê時，兩个穿插輕便、運動形ê查埔一人一爿掠伊ê手骨。一人大力kā後khok pa--落，一人正跤大力ùi跤khiau làm--落。國揚一下就un--落-去，跪落塗跤哀叫。

「Kán，lín是啥人！」

「臭你媽個B，還想爽。」

心內chiah tiòh生驚，hō͘人設計--去--ah。

一枝手機仔tī伊面前，內底播送伊kap阿彎激情ê畫面，一疊借據是去kiáu間ê借條。Chia-ê代誌若hō͘人知，伊ê飛行事業m̄-nā ē hông撤掉，koh ē受軍法審判。伊根本無法度去思

考，頭殼內想--ê是beh按怎阻擋che代誌來發生。

「Lín想beh按怎？Lín是啥人？」聽著chit兩个講話有支那腔口。Chit聲愈khah慘，是hō͘共產黨設計--去。看--來，in是為著一寡軍事機密chiah設chit个查某窟hō͘伊跳。

「哈哈，你覺得呢？女人也玩了，錢也借了。總該給一些回饋了吧！」

In無愛錢，錢in chiok濟。國揚想--ê無m̄-tio̍h，in有其他ê目的。

In提一份文件囥tī桌仔頂，內底有一寡軍方飛行機ê資訊、武器清單、逐工訓練ê時間表，甚至有機師kap地勤人員ê名單。害--ah，che kap伊想--ê全款。

「你看看，裡面有沒有哪些資訊有不清楚的地方，指正一下。好處少不了你的。」

看--來，中共已經做chiâⁿ濟調查，上無，有八成以上ê認bat，真清楚現此時台灣空軍ê才調，bē輸隨時beh拍台灣ê款。伊刁工安慰家己，橫直國安ê情報in已經掌握真濟，無差伊che一屑屑仔ê情報。

「別想太久，上面的人是沒有太多耐心的。別選錯邊站，識相一點。想好了，馬上跟我聯絡。」

摔hit个車門kā國揚ê記持拍醒。心肝頭也是有一寡仔不安。伊m̄是真正beh害俊秀。Chit局本來就是in設好--ê。已經是chit个坎站--ah，隨人顧性命--ah。

阿孌--leh？是按怎受牽連？歹命人ê運命就是眞oh走閃惡人ê khiú-lák，無代無誌靠皮肉 leh 趁食已經眞姑不將--ah，soah 牽著 che 國際政治。政治就是生活，生活就是政治，有影 hō 你無法度 tèⁿ-chheⁿ。Hō 阿孌唯一想 bē 到--ê 是 chit 个細漢時ê囡仔伴俊秀，tī che 人生運命ê雙叉路口 koh 重新連結。

行到仁愛宿舍，一間日--時 chiok 無明顯ê所在，暗時四、五个穿插 chiok 西施ê查某 tī 外口，目睭 lóng 親像 leh 講 in leh 等人。伊看無阿孌，giâu 疑是 m̄ 是眞正 beh 行入去揣--伊。看 hit 枝 suh kah beh 盡尾ê薰，火漸漸 beh hoa，大力 koh suh--一-喙，紲--來用中 cháiⁿ 大力 tiak--出-去，tī 烏暗ê暗暝畫一劃大大ê期待。

Hit 个看--起-來 kám 是阿孌？一个穿狹裙、làu 肩套裝ê查某行--出-來，長 liu-liu、烏 sìm-sìm ê 頭毛 tī 黃 hóaⁿ ê 光線，有一點仔無自然。伊越頭看，親像 kap 俊秀對著目。俊秀驚一下 soah bih--起-來，m̄ 知是 m̄ 是驚 hông 發現，知伊來 chit 種場所，iah 是 m̄ 知按怎面對阿孌。

Koân 踏仔ê跤步聲愈來愈近，一步一步行入去伊ê心跳，有時緊有時慢，káⁿ-ná leh kap 伊 chhit-thô，有時 kap 伊全節奏，有時掠伊倒 péng ê 嘐 phek。雄雄停--起-來，hit 个人停 tī 伊後壁無遠ê所在。俊秀已經 m̄ 知影 beh 按怎辦。

雄雄，電話 giang--起-來，拍破 chit 个肅靜ê局勢。總--是，伊根本無聽著 che 電話聲。伊注心後壁 hit 个人後一步是啥，到

底是 m̄ 是阿攣。伊 ê 雙跤雙手 sih-sih-chùn 根本失去控制。

「無的確你想 beh 先接電話？」是一个查某聲，聲音就是前一站仔 khà-- 來 ê 阿攣。

俊秀感受著家己 ê 手 leh chhoah，眞無簡單 ùi 後壁 ê lak 袋仔 kā 手機仔提 -- 出 - 來。眞緊 kā 手機仔 lió-- 一 - 下，無錯，是阿攣 khà-- 來 --ê。

「免接 --lah，我就 tī 你後壁。」

俊秀無越頭 mā bē 用 -- 得 --ah，看著阿攣伊面仔 ê 笑容感覺無 hiah 礙虐。嚨喉 khê-khê 勉強講一句：「你過了好 -- 無？」

既然來 --ah，就好好仔面對！俊秀根本 m̄ 知影伊每行一步，就是倚近中共設 ê 陷阱。顚倒是阿攣眞自然就 kā 伊 ê 手牽 -- 起 - 來，心魂順 sòa mā 牽 leh 行，頭殼無聲無 soeh 貼 tī 伊 ê 肩胛。俊秀已經迷失伊來 chia ê 目的，hông 牽入去 chit 个國家 ê 戰爭內，che 凡勢是伊做軍人 ài 去面對 ê 考驗。

「你是按怎 leh 做 chit 途？」Chit 个問句 bē 輸 leh kā 阿攣 lió 一刀，伊家己是兇手。總 -- 是，伊想 beh 知影。至少，hō͘ 伊知影到底伊是 m̄ 是有機會 ē-tàng 救阿攣逃離 che 生活 --bē。

「To lóng 過 -- 去 --ah。講是 ke 心酸 --ê。我眞歡喜你來看 -- 我。無論你是有意無意。不而過，我顚倒 ǹg 望 lán m̄ 是 tī chit 款狀況 sio 見。」

俊秀 tòe 阿攣入 -- 來，中 ng 有遇著幾个講話 m̄ 是在地 ê 人，腔口 koh 是外省腔。M̄ 知影按怎，伊有一種眞神祕 ê 感覺，káⁿná隨時有危險。

阿蠻sái一个目尾，叫伊看一張紙條仔。

「俊秀，你chit-má真危險。Mài ke問，照我講--ê去做。無，lán兩人lóng ē出代誌。桌頂一罐細罐玻璃矸仔是解肺炎ê解藥，緊kā注--loeh。請相信--我。」

俊秀chit聲知影慘，知影伊hông設計--ah。總--是，國揚kap阿蠻mā是設計--伊ê人？伊是m̄是ài相信阿蠻kā che「解藥」注--落？Che kám真正是解藥？攑頭看阿蠻，目神充滿giâu疑kap tài寡怨恨。明明是為著伊chiah來chia，soah hō家己行入chit个陷阱。想beh怪家己siaⁿ過痴情，che囡仔時ê戀情害--伊。對方現此時mā m̄知影是啥mih心態，是m̄是ài相信--伊--neh？

阿蠻猶原笑笑，ùi床墘khiú伊ê手，伊ē-tàng感受著俊秀冰冷ê手，一睏頭仔就ùi伊ê胸坎貼--過-去，「相信--我，我bē害--你。」趁俊秀無注意，準備好ê射筒就kā注--落-去，等伊發覺已經bē赴--ah。

「你是按怎beh án-ne做？」心肝頭ê火已經beh tóh--ah。

「好了沒？太慢了吧！」一个外省腔ê查埔人tī門口大聲m̄知leh催啥。

話tī嚨喉內iáu未講--出-來，烏衫人就kā門sak--開，國揚徛tī in後壁面。

「我想你應該也猜得出來，我們的意圖吧！」其中一个

老 --ê 開喙。俊秀 koh 再怨恨 ê 眼神看阿孌，阿孌頭殼 chhih-chhih，m̄ 敢看 -- 伊。

伊 ê 頭毛箍 tháu-- 落 - 來，親像一領風 moa 仔 sôe 落來到腰，白死殺 ê 面容、絕望 ê 眼神、瘦 koh 薄板 ê 身材，三魂七魄 m̄ 知 tī 佗位 ka-láuh。俊秀感受著伊 ài chiâⁿ 做伊 ê 英雄，救伊出 -- 來。

「事情很簡單，我要你們把病毒帶到軍營裡。我會讓你們免疫的，不用怕。替黨做事，是有回報的。」講了，提兩枝細細枝短短 ê 玻璃罐仔囥 tī 桌仔。一枝內底是紅 --ê，一枝是透光 ê 液體。

「紅色的是病毒，你只要把這個藥水加入喝的水就可以了。那個透明的是疫苗，救命用的。」

心肝頭充滿憤怒，又 koh 想 tńg 來 hit 罐透光 --ê 是疫苗，án-ne 阿孌 kā 注 ê hit 罐 --leh？伊 koh 再看 ǹg 阿孌，看著伊 bē 輸 leh 哀求諒情 ê 表情。行到 chit 个地步，是 beh 按怎脫離？Hit 个老 --ê 話交代了，換另一个少年開喙，hoan 咐國揚 tiòh-ài 確定 chit 件任務 ē 執行好勢，愈緊愈好。若無，伊所做 ê 代誌眞緊就 ē tī 新聞放送。

Tńg 來軍營，已經過幾若工。3-- 月，外口疫情大爆發，俊秀 leh 想，應該 mā 是中共 ê 陰謀，教官講 --ê 無 m̄-tiòh，che 戰爭成本相對低眞濟。伊最近逐工 ná 看衛福部直播 ná leh 想是 m̄ 是 ài 執行烏衫人 ê 任務？國揚 --ā 無聲無 soeh 過來伊身邊講：「你 kā 看，chit-má 是 hē 手上好 ê 時機 --ah，趁疫情變化，無人 ē 想

著是有人創空--ê！」

　　俊秀空笑一聲，拳頭拇gīm--leh就ùi面bok--落-去。國揚無想著伊雄雄án-ne，閃bē赴，鼻仔血噴--出-來。俊秀koh beh bok第二拳ê時，頭殼雄雄koh起烏暗眩，阿爸koh徛tī伊ê面前gîn-ò$^n$-ò$^n$看--伊，大聲jiáng：「你竟然敢放毒害--人！」一時徛無在，人soah昏--倒m̄知影人。

　　送來病院，就隨做眞濟檢查，揣出昏迷ê原因。醫生發現伊頭殼內有腦瘤，就緊急通知家屬。軍方講伊ài liam-mi開刀，無，隨時ē有性命危險。

　　「兄弟，你人倒tī chia，m̄知影你是好運iah是歹運，ta$^n$，我是歹運--lah。」國揚送伊來病院了後，就直直chiú tī伊身軀邊。雖bóng，chit月日兩人無啥爽快，總--是，交情眞深。伊心內koh有代誌ài操煩，放毒ê事工是beh按怎進行？Kám眞正beh án-ne做？看俊秀是無可能參與--ah，伊家己koh無可能脫身，kan-ta$^n$一人激頭殼。

　　Ùi家己ê皮包仔，提出一張相片园tī俊秀ê手pô。He是俊秀老爸ê相片。Hit日俊秀kā相片拍ka-làuh了後，hō伊khioh--著。M̄-koh，後--來發生chiah濟代誌，伊一直無機會kā交hō俊秀。

　　等俊秀醒了後，看著阿攣坐tī床邊，一時m̄知影家己發生啥代誌。是國揚聯絡阿攣--ê。俊秀用眞濟時間chiah知家己tú-chiah ùi鬼門關行--tńg-來niā-niā。總--是，伊甘願腦瘤血管

piāng--去，án-ne 就免 koh chhap che 世間 ê hàm-siâu 代。

「等你好，你 chhōa 我去看飛行機好--m̄？你 kap 我約束好--ê。」阿孿問了，無等俊秀回答，喘一个大 khùi，che káⁿ-ná 對伊 chiok 重要 ê 款。

「你來 chia 是 koh beh 創啥？我無可能去做 he thāu 台灣人 ê 代誌。」

「我眞正 m̄ 願意你 hông khiú 入來 chit 个是非，chit 件代誌我 ē kā 伊做一个結束。」話講完，阿孿àⁿ 落來唚伊 ê 喉脣，一滴目屎輾落來 tī 俊秀 ê 喉 phóe。

天 chiah bâ 霧光，一个穿運動衫 ê 查某囡仔假做運動走標，伊 ùi 國安局門跤口 tàn 一張無荷名 ê 批，眞緊就 hō͘ 一个騎 o͘-tó͘-bái ê 查埔人載離開現場。

Che 代誌眞緊就通報高層官員，現此時欠疫苗已經是頭殼 mơh leh 燒--ah，koh 有一寡 saⁿ-kha-á bih 踮烏暗 ê 所在 leh 創空。巧巧人想 mā 知影，chit 項代誌無可能公開講。無--者，中資媒體 ē 操作，am-khàm 事實是一回事，擾亂民心 ē 愈 khah 害。

Ùi 病院離開 ê 時，阿孿 tn̄g 著國揚，知影伊 mā 爲 che 代誌 leh 操煩，就 kap 伊參詳是 m̄ 是有 khah 好解決 ê 方法，假使 beh hō͘ 伊犧牲性命 mā 無要緊。

空軍基地 chit 爿 mā 眞早收著通知，liam-mi 要求所有人員銷假 tńg 來營區。知影有人 tng-leh 監查，所致，準備 beh 搬一齣戲來 hō͘ 烏衫人看，順 sòa beh 掠--in。搬阿共--ā ê 戲，做 lán ê

局。國揚已經聯絡烏衫人毒已經 hē 好 --ah，新聞 mā 放送某 mí 軍營有全體病毒 sio-òe ê 現象。共產黨知影 chit 件代誌，歡喜 kah koh 連 sòa 派戰鬥機來確定是 m̄ 是台灣 ê 防禦能力有降低。

透中晝 ê 時，警報 koh 再 tân，又 koh 是中共飛行機飛 -- 來 -- ah，原底掠做台灣軍方反應 ê 變慢鈍，想 bē 到是反應顛倒愈 khah 緊。

「米國航空母艦走來台灣海峽，面頂有超過 30 隻戰鬥機隨時備戰，台灣面對肺炎變化 ê siāng 時，koh ài 面對共產黨 ê 武力恐 hat。」過幾工，新聞 án-ne 報送。

落尾，米國 koh 出動一隻運輸機 C-17 來台灣，三位高官宣佈 beh 贊助疫苗 ê 代誌。Che sio 連 sòa ê 巧合，khêng 實，lóng 提早計策好勢。是講，真濟代誌 lóng ài 恬恬做，bē-tàng 弄揚。當然，中共想 bē 到 che 放毒計畫無達成，顛倒 hō 台灣名聲愈來愈旺。

過無幾工，仁愛旅舍 hông 查封，新聞講是有六名對岸偷渡來 chia 做 khang-khòe--ê，經過檢驗肺炎陽性，即時隔離。阿攣 mā 失去任何消息。

國揚 --ā 照約束來到巷仔尾，軍 iáu 未熄火，烏衫人就來挵車門 --ah。門隨拍 -- 開，另外一个烏衫人 kā 伊雙手縛 tī kha-chhng 頭，一枝六腹仔銃 tu 過來伊 ê 喉空，「你活得不耐煩了，是不是你搞的？」伊話 iáu 未講煞，m̄ 知影佗位來 ê 憲兵雄雄走 -- 出 - 來，kā in 圍 tiâu-tiâu。

故事到chia mā 差不多 --ah。

台灣疫情變化就是你看 -- 著 --ê án-ne。Che 歹厝邊掠外、國內食台灣罵台灣 ê 人掠外，世界各國 lóng 呵咾 kah ē tak 舌。雖 bóng，有時人 ê 言語、sì-kè 掖 ê 假訊息 mā 是一種毒。Che 比真正 ê 生物病毒愈 khah 恐怖。

俊秀出院了後，就辦退休，koh 按怎無 ta-ôa mā tiȯh 退。我 --leh？陳國揚。真感恩伊無計較過去，koh 願意 kap 我見面。阮約 tī 桶盤淺一个真 iap-thiap ê 所在，hia ē-tàng 看飛行機起飛 kap 降落。自從放毒事件了後，chit 个所在已經 hông 管制 --ah。我誠心 kā 伊會失禮，我最後無做對不起伊 kap 國家 ê 代誌。無，我 chit 世人永遠無法度贖罪。

我知伊 leh 等另外一个人，一个等待 25 冬 ê 人。我無愛 koh kā in 攪吵，簡單 pôaⁿ-nóa-- 幾 - 句，我就離開 --ah。

Che 人 kap 人 ê 緣份，看 -- 來 mā 是到盡磅 --ah。Che 自由 ê 天，真可惜我無法度 koh 再飛 -- 起 - 去 --ah。總 -- 是，我 ê 國家猶原有自由。

# Kap 女同事 ê 祕密

Hit 隻 ka-choàh 雄雄 chông-- 出 - 來。Î-cheng 驚 kah peh 起去椅仔大聲哀。

「Beh 按怎？」

我無意無意講：「拍 hō 死 -- 啊！」

「Ă-á，伊 iáu hiah 細隻 --neh！」

「無 --leh？ Kám 講你 beh kā 飼 --nih？飼 khah 肥 --leh chiah kā 刣 -- 死？親像 lán 對待 hia-ê 四跤精牲？Án-ne khah 粗殘 --leh，一 跤 hō 落 -- 去 khah 規氣 --lah。」

「若 ē-tàng，我 ē án-ne 做。因為伊 iáu m̄ 知 chit 个世界 ê súi。」

「Súi？Ka-choàh kám 有目睭 thang 看？伊 m̄ 是靠 hit 兩枝鬚來感應環境 ê 變化？」

「有 --oh！伊 ê 目睭 kài 厲害，ē-tàng 看 360 度 --neh，tī 烏暗 ê 所在 mā ē-sái 收集光子 ê 信號來行動 --neh。」

「無 -- 啊，你是 ùi 佗位知影 che--ê？」

「我真關心地球任何一種生物 -- 啊，lóng ē 去了解 in ê 生活方式。無親像你 kan-taⁿ 想 beh kā in 刣 -- 死。」

「無，我掠起來 hō 你飼好 --ah。是講你 beh kā 飼啥？而且你 ài 考慮 in 糧食配給 ê 問題。你若是無閒，伊 kám bē iau-- 死？」

「Che 你放心，伊無食 mā ē 活了 chiaⁿ 好。就算你 kā 伊 ê 頭 liàm 掉，伊至少 koh ē 活九工 chiah 死。Ka-choàh ùi 恐龍時代就活到 chit-má。」

我實在無想 beh koh 討論 -- 落 - 去。想著阮 chiah 認眞 leh 談論，感覺愛笑仔愛笑。Che phàng 是羊仔星 --ê[1] lóng 有 ê 特徵。對代誌 lóng 眞認眞看待，做人 sioⁿ 過嚴肅。

「我講講 --leh niâ，緊 kā 刣 -- 死，無，伊就 beh 走去 bih-- ah。」

Sì-kè chhiau 揣 hit 隻 ka-choàh ê 影跡。Siòng 好好，一跤 lap-- 落 - 去。

「好，hō 你知影我鞋仔穿幾號 --ê！」

「Phah！死 --ah！」Ka-choàh 流湯 koh 流汁，看 -- 來是大腹肚 ê 款。

Î-cheng 用 hit-lō m̄ 知是生物學家 ê 眼神，iah 是 hit-lō 佛祖救世 ê 情懷來看我 ê 行爲，有影粗殘！

「Mài 怪 -- 我，我是受人指示 --ê。」我 án-ne 對 ka-choàh 講。

我 leh 空想凡勢 ka-choàh ê 靈魂 tī 天頂 leh 笑。

「阮 chit 族 iáu thang 湠 chiok 久 --ê，看 lín 人類 koh thang hiau-

---

1　羊仔星 --ê：羊仔座、華語「牡羊座」ê 意思。

pai 佫久！」

　　我 giâu 疑你真正想 beh 飼 ka-choàh--neh。就親像 lán chit-má ê 關係全款。

　　「我無愛 chhap--你--ah！」就 án-ne，Î-cheng 留一句話，放我 kap hit 隻 ka-choàh ê 死體 tī--hia。

　　Î-cheng 無張持 ùi 我 kha-chiah-phiaⁿ pa--落-去，我 chiah 知 he 是一个夢。不而過，有影是伊叫我 khah 緊處理伊桌仔跤 ka-choàh ê 死體。害我一時分 bē 清現實 kap 虛幻。

　　「He m̄ 就死--ah，你家己處理理--leh 就好--ah。」

　　伊倚來我 ê 耳空邊微微仔笑。

　　「拜託--lah，另工 chiah 補償--你--lah，你知--ê--lah。」

　　我實在無法度忍受伊 sai-nai ê siâⁿ 弄。我親像 hit 隻 ka-choàh mā thang 接收伊身軀每一粒細胞 ê tiô 跳，koh 透 lām 一種 chiok 特殊 ê 芳味，kā 我迷 kah m̄ 知東南西北。我知伊 ê 暗示。總--是，看著 hit 隻 ka-choàh 有一點仔不安。

　　Pō-pîn 阮 lóng bē 去問對方家庭 ê 代誌。我已經想 bē 起--來，阮是按怎鬥做伙--ê--ah。Tī 情感 ê 世界，無啥代誌講 ē 清楚--ê。

　　是講，看著 hit 隻 ka-choàh kap hit 個奇怪 ê 夢，我開始感覺我 bē 輸是 Î-cheng 飼 ê 一隻 ka-choàh。第三者 ê 地位是 chiok 歹斬斷--ê，bē 輸是刣 bē 死 ê ka-choàh，每一隻 lóng 隨時 ē hông 犧牲，死了隨 koh 活--起-來。

　　我頭殼內直直 liū Î-cheng 講 beh 飼 ka-choàh ê 面容 kap 叫我緊

kā刣--死ê喙形。若beh偷食ê人應該ài去研究ka-choáh生活ê
哲學chiah tióh。

# 阿忠 kap 阿義

我 tī 灣裡出世，tī hia 讀國校仔，放學了就 tńg 去 tàu-saⁿ-kāng 揀切片仔。切片仔就是歹鐵仔，mā 就是人講 ê 廢五金。烏鐵仔、白鐵仔、銅、輕銀仔、鉛仔、Ah[1]、銀點仔、刨肉仔……濟濟無仝 ê 鐵仔 kā in 分類 hō 好，thang 賣出去趁錢。

過去，有人專門 leh 燒電線、印刷電路板 beh khêng 內底 ê 鐵仔，chiah ē 有濟濟 ê 汙染問題。阮兜無 leh 燒，kan-taⁿ 揀切片仔 niâ。揀切片仔 ê 貨是 ùi 高雄港買 --tńg- 來 --ê。Hit 時，全灣裡社，做切片仔 gōa 好趁 --leh。後 -- 來時機變 bái，環保意識提 koân，濟濟人 lóng 徙去中國去。阮老爸無去，工場 tī 我讀高中 ê 時就收 -- 起 - 來。

歹勢，講了拖 sioⁿ 遠 -- 去。我是讀省躬國小，隔壁是灣裡社區上有名 ê 廟寺 —— 萬年殿。

Che 是我一个朋友 kā 我講 --ê，逐家 lóng 叫伊 lò 跤欽 --a。伊無啥朋友，hit 日我 mā 是 chiok 無聊，讀冊讀 kah tuh-ku，chiah

---

1　Ah：就是亞鉛。作者灣裡在地 ê 講法。

ē來聽伊 khà hó-lān。伊講ê故事是伊做ê夢，夢中ê人 lóng是伊細漢蹛隔壁庄喜樹仔ê chhit-thô伴。

興伯--à做廟會陣頭已經30多--ah，che是 in家族 thñg--落-來--ê，伊是第五代。興伯--à自細漢就看 in老爸、叔伯--à leh舞陣頭ê代誌。總--是，時代 leh變 chiaⁿ緊，in mā了解現 chūn ê社會已經無法度接受像 in chit款為 beh保留傳統ê民俗社團。伊mā bē堪得現實社會ê壓迫。

Ná行 tī門口埕，ná摸短褲倒手爿ê lak袋仔，提出伊上愛ê「新樂園」，番仔火 kā所有ê煩惱點 tóh，hō伊心內有一屑屑仔燒熱，將心內ê鬱卒吐吐--出-來。無張持目屎就輾--落-來，看天頂ê月娘 ng-ng-iap-iap，che kám m̄是人生？卿嫂--à tī灶跤三不五時就出來偷探---下，mā是 oân-nā炒菜 oân-nā目屎輾--落-來。鼎仔感受著伊ê絕望，叫 kah悽悽慘慘，作穡人生本 lóng食 khah chiaⁿ，今仔日ê菜可能 khah有鹹 siam ē khah好食。

In已經半多做無場--ah，che是 hō in兩人煩惱ê所在。雖bóng，興伯--à hām卿嫂兩人無生後生查某囝，但是 in自結婚了後，就 ùi孤兒院 pun幾若个囡仔，koh有一寡家庭背景 khah艱苦ê囡仔 lóng ē chhōa來 hō in翁仔某牽教，教 in讀冊、做人ê道理，m̄-thang學歹。

生活確實是無簡單，喙齒根咬 hō ân，mā是 tiòh拚，有一陣囡仔 leh倚靠--in。不而過，興伯--à有歲--ah，心內有寡拍算，伊 kā上大漢ê阿忠、阿義叫來講話。心內有寡 m̄甘 koh蹛

蹔。總--是，伊 mā leh 想 m̄-thang kā in 縛 tī chia，應該出去外口行行--leh，爲 in ê 將來拍拚。In lóng 大漢--ah，無應該 tòe 兩个老--ê tī chia。設使 kā in 留--落-來，未來絕對 ē 怨嘆一世人。按怎 m̄ 願 hē chit 款決定，mā tiòh-ài 去 kā 講，確實無奈。

　　本底想 beh 先問 in ê 想法，後--來想想--leh，iáu 是直接 kā in「hò--出-去」，ǹg 望 in ē-tàng 了解、體會。兩个老--ê 有準備一條錢，beh hō͘ in 去創業。In iáu 少年，若是 koh 像 án-ne 落--去，是無未來--ê。陣頭 mā 已經落伍--ah，無人看--ah，koh-khah 慘--ê 是 hām 一頓飯 to 食 bē 飽。Beh ǹg 望政府伸手 tàu-saⁿ-kāng 是火燒罟寮——無望--lah！

　　阿忠 kap 阿義 in 兩人是自細漢就 tòe tī 興伯--à kap 卿嫂 ê 身邊，放學以後就來 tàu 款社團大細項事，koh ài 做伙牽教 hia-ê 無全爸母 ê 小弟小妹，in mā kā 興伯--à kap 卿嫂--à 當做親生爸母全款來對待，chit 點 hō͘ in 兩个老--ê chiok 感心。到阿忠、阿義 khah 大漢 ē-hiáu 想，mā 有感受著兩个老--ê 經濟 ê 壓力，in 家己儉腸 neh 肚 mā 是 ài 先顧 chit 陣囡仔。總--是，現實生活 ê 壓力是愈來愈重，已經無法度 thang 來喘 khùi--ah。興伯--à 心內有寡按算，叫 in 兩个 tiòh ài 想辦法家己出去趁食，就算是有寡 m̄ 甘，he 實在是姑不而將 koh 無 ta-ôa。

　　M̄ 願離開，又 koh 如何？兩个老--ê 實在是無步--ah，逐个囡仔 lóng 看 ē 出--來，in chia-ê 大漢--ê tiòh-ài tàu 跤手 chiah 是。

　　阿忠 kap 阿義 hit 暗有滿腹 ê 怨恨，bì-lù lim beh 一打，淡薄

仔 má-se-má-se。走去家己 ê 社團，偷提 hit 兩 sian 平常時 leh 扛 ê 七爺八爺，駛興伯--à hit 隻 Chài-khah-chē 貨車運--出-來。

阿忠、阿義自細漢就 tī 廟口生長大漢，跳八家將、宋江陣，屈勢是無人 ē 比--得。跳 ê 時，hit 種 chhia-iā<sup>n</sup> hō in 心悶 ê 胸坎 ē-sái 來解 tháu。經濟不止仔 bái，濟濟宗教 ê 救濟 lóng 走去慈齊、佛星山 chit 款 ê 團體，致使像興伯--à hit 款地方性 koh 專門收留孤兒 ê 社團愈來愈歹過。為著 beh 活--落-去，興伯--à chiah ē 不得已請阿忠、阿義 in 兩个 khah 大漢 ê 囡仔，以後家己想辦法去趁食。

In 了解養爸養母 mā 是姑不而將--ê，無講啥 mih。論真，若 beh 怨，就怨 chit 个 thái-ko 政府，將社會舞 kah chit 款地步。到 ta<sup>n</sup>，hông 掠去關 ê 貪官 koh ē-tàng 放--出-來！

「食錢食 kah 燒美金 hō in 公媽，kán，正港有有孝。」

「Lán 一 sián 五厘討趁，tiòh-ài 流血流汗求人 hō͘ lán 演出 ê 機會，現 chhūn 舞台 mā 無--ah。天公伯--à kám 有目睭，hō͘ in hia-ê pùn-sò 烏白舞！」

雙目 gîn-ò<sup>n</sup>-ò<sup>n</sup>，一路 ùi 雲林 oân-nā 駛車 oân-nā kiāu，到台北城 Ketagalan 大道。M̄ 知影是酒精作怪，iah 是後壁有七爺八爺 leh thīn、tàu 開路，一路駛--落-來 chiâ<sup>n</sup> 順——是--lah，siáng 敢擋 in ê 路？

Tī Ketagalan 大道，火切 hō͘ hoa，兩人落車 kā 車後斗拍開，請示謝范兩位將軍！

　　阿忠 kap 阿義先 kā 兩位將軍會 -- 一 - 下，請 in 原諒。講今仔日無代無誌來冒犯，實在是 hông 逼 -- 著 --ah。Ǹg 望將軍替 in 做主，tài 念過去 in 兩人扛兩位將軍 sì-kè 出巡、展神威。既然世間 ê 法律無才調管，án-ne 就拜請陰間 ê 鬼差來辦！

　　In 開始將兩位將軍請 chiōⁿ 身，行 ǹg 總統府！

　　七爺正手攑葵扇，倒手提火籤 kap 討命 giang 仔 giang-giang 叫；八爺正手 mā 一枝葵扇，倒手提虎牌 kap 拖一條鍊仔。兩人跤踏七星步，一人行前一人 tòe 後對換變化，ná 跳 ná 行，ná 行 ná 跳，hō 人目睭看 kah 花花。附近 ê 便衣早就注意著 in--ah。附近 ê 野狗 bē 輸感應著靈界 ê 氣氛 soah leh pûn 狗螺，烏天暗地，愈來愈濟隻，一隻 pûn 了換一隻，陰曹地府 kám 是生做 chit 款？

　　拖鬼鍊仔拖塗跤，聲聲 beh khiú 人 ê 心魂，親像死刑犯 beh hông 掠去銃殺，拖 --leh，khang、khang、khang，khiang、khiang、khiang，beh 將人 ê 心束 -- 起 - 來。五、六个便衣排一排準備 beh kā in 擋，一時看 kah gāng-- 去，m̄ 知按怎 nôa-cháh。七爺八爺目睭 thí kah 大大蕊，bē 輸 leh 看 in 陽間 ê 罪孽。八爺 hoah 一聲，柴牌頂 koân 四字「罪惡分明」展金閃光照 -- 過 - 去，照 kah in 心內 tiòh 生驚，親像過去 ê lah-sap 代 hông chhiau-- 出 - 來。七爺長長、紅紅紅 ê 喙舌，beh siâⁿ in 烏暗 ê 一面，一路 beh 送 in 行去地獄 ê 款。警察仔驚 kah 雙跤徛 bē tiâu、un-- 落 - 去。

　　一个警察攑一枝寫「違法集會」ê 牌仔，攑 kah koân-koân，講 che 是違法 ê 行為，請 in liam-mi 離開，無 -- 者，tiòh-ài chiōⁿ 手銬 khok--起-來！討命 giang 仔愈來愈響，七星步愈踏愈急，一步一步 lóng chàm 入去警察仔 ê 心肝 íⁿ 仔，hit 枝寫「違法集會」ê 牌仔親像 leh 流血 ê 款，血直直 phū--出-來。有 ê 警察 beh 阻止 in koh 跳，soah khàp 著 in ê 身軀，手 bē 輸 hō͘ 火燒--著，哀爸叫母。

 M̄ 知影佗位來 ê 白霧一直 chhîⁿ--來，狗螺仔聲愈來愈悽慘。總統府頭前愈來愈濟警察，月娘已經驚 kah bih tī 烏雲後壁。Hia-ê 警察，不止仔驚惶，頭前 chit 兩位到底是人 iah 是鬼！總統府頭前門口埕已經狗仔滿 sì-kè，chit 種場面 bē 輸 tī 六張犁 ê 墓仔埔。警察一个比一个 khah 驚惶，七爺八爺不時 tī in 每一人身邊 tńg 來 sèh 去，m̄ 知是幻景 iah 是真實。兩、三隻狗仔圍一个警察，有警察攑棍仔 beh hám 狗仔，soah hō͘ 狗仔咬 kah 衫褲全破。狗仔愈吠愈大聲，ná leh 哭，ná leh kiāu……ná leh 講 in ê 不滿。

尾--à，總統府出動一台水龍仔車 ùi 七爺八爺 chhōaⁿ--落-去，mā chhiâng hia-ê 狗仔。雄雄，規个空間 lóng 恬--去，月娘現身滿面血色，水龍仔車 ê 水 chhiâng 化做一隻兇狂 ê 火龍。七爺八爺燒--起-來，七星步猶原踏無停，眾人 chhoah 一 tiô，kōaⁿ 水、滅火器趕來拍火。阿忠、阿義 soah leh 笑，愈笑愈大聲，kiōng-beh kā 人 ê 心捽破，一直到火 hoa--去。Hit 陣狗仔 mā 做伙消失--去。所有 ê 人 lóng 揣無 in，hām 一點仔 lap-sap-mih to 無，bē 輸 chit 層代誌 m̄ bat 發生全款。

後--來，聽講逐多五二〇 ê 時，hit 暗總統府內 tiāⁿ-tiāⁿ 有狗螺仔聲、拖鐵鍊仔聲、有人踏跤步 ê 聲，kan-na 無人看見有人 iah 是有狗仔。興伯--à kap 卿嫂--à，欽--a mā 無 koh 聽見 in ê 消息--ah，m̄ 知 in ê 陣頭 iáu tī--leh-- 無。

Che mā 是頂一 kái tńg-- 去 ê 時聽-- 著--ê，我聽了 chiah 知影阮有幾若个朋友是 ùi hit 个陣頭大漢--ê。

# 審判

阿源講 beh tī 府城揣一个受難者 ê 後代訪談，叫我 chhōa 路，不而過，ài kap 伊去城隍廟行 -- 一 -chōa，講最近拄著一件怪代，是發生 tī lán 府城。時間 iáu 未到，我就 tī 廟埕等，一个老人頭毛散披披，行路 khiau-ku，thuh 一枝拐仔，tī hia sèh-lin-long，喙仔 ná sèh-sèh 唸「我來 --ah」。我驚伊 kā 我纏，閃 khah 遠 --leh，入去廟 -- 裡等，chiah 知阿源已經 tī 內底等我一 chūn--ah。伊聽人講有冤屈拜城隍上好，lín chit tah 上靈 siàⁿ。伊 chiah kā 我講最近 ê *khé-suh* hō 我聽，講是採訪一个受二二八 koh 白色恐怖災厄 ê 老人 ê 眞實故事。Lán tī chia 先 lā 一下仔話頭，khah bē 後壁 m̄ 知 leh 講啥。

Chit 个夢不 sám 時 leh 監查明雄 ê 睏眠，ùi 伊倒 tī 眠床開始，目睭 kheh-- 起 - 來，就親像有一隻痟狗一直 jiok-- 伊。Hit 條暗道 ê 路尾是一 pha 光，伊若是有法度走到 hia 就解脫 --ah！伊拚勢走，soah lóng 走 bē 到，路親像愈來愈崎、愈來愈崎，後壁有幾若个人攑手電仔 chhiō-- 伊，hō 伊感覺眞驚惶。

「你 koh 走 -- 啊，koh 走 -- 啊，哈哈哈。」Che 笑聲比銃聲 hō

伊 koh-khah 艱苦。伊甘願 hō tōaⁿ-- 死，mā m̄ 願受侮辱。總-- 是，
路親像愈來愈崎、愈來愈崎，明雄無細膩一下失勢，踏無在，
雙手 koh 無 mih 件 thang 好 khip，雄雄跋 -- 落 - 來。頭前一 pha 光
愈來愈細粒，直直勼 -- 去。伊跋 -- 落 - 來，笑聲愈來愈 giang，
伊 kā 耳仔 am--leh，he 聲猶原明明明。

「明雄 --ā，明雄 --ā，精神 --lah，你 iáu leh 陷眠 --oh。」瑞
清 --a，m̄ 知影叫偌久 chiah kā 明雄叫醒。

明雄 chit 款情形，瑞清 --a 真理解。瑞清 --a 伊家己 mā bat
有仝款 ê 夢，精差伊 m̄ 是 hit 个 leh 走路 --ê，mā m̄ 是後壁 hia-ê leh
jiok--ê，伊是徛 tī 邊 --a leh 看 --ê。心肝頭 iáu leh 掛心 50 多前 ê hit
件代誌，ná 想 ná 幌頭，有時伊 mā 真怨恨家己哪 ē hiah 軟 chiáⁿ。

明雄 hō 瑞清 --a 叫精神了後，感覺身軀 ê 寒氣匀匀仔無 --
去。總 -- 是，目頭 ê kat kap hit 雙 gīm-ân-ân ê 拳頭拇 iáu m̄ 願放鬆。

「Kán，lán 哪 ē m̄ khah 早死死 --leh，koh tī 世間有啥 siâu 路
用。」

「Hit 時若 m̄ 是你過頭軟心，無照計畫行，欽宏 mā 免替 lán
死。自頭到尾，伊 lóng 無參與 -- 著，顛倒 beh 替 lán 食罪。」

無 m̄-tiȯh，是 in 兩人起 ê 頭，路線、守衛仔輪替 ê 時間、有
幾个人、按怎奪武器、搶鎖匙……，心肝內 m̄ 知演練幾若擺 --
ah。一開始，in 就無愛欽宏來鬥跤，知影伊 iáu 有一个查某囝 tī
外口等 -- 伊。明雄 --ā 是羅漢跤，無牽無掛；瑞清 --a in 某仔囝
因為伊坐監 soah 做伙連回，土地財產 lóng hông 騙了了，tī 外口

hō̄ 錢莊逼 -- 死。

「你 koh 來 --ah，beh 怪 -- 我在你 --lah。Lán 好歹字運，繼續活 --leh kám 有影好過？一世人早 to 烏有 -- 去 --ah。」

Hit 暝天公有 leh tàu-saⁿ-kāng，外口風 kap 雨親像 leh 比輸贏，雷公 sih-nah 直直來，下面所有 ê 生物 chiâu 禁聲。明雄用兩枝鐵線 chhng 入去鎖匙空，ngiáu-- 一 - 下 - 仔就拍 -- 開。伊趁雷公 leh tân，khah bē hōng 發現，kā hit 个生鉎 ê 鐵門 sak 開，si-soāiⁿ-si-soāiⁿ，ná 像歹 mih 仔 beh 出 -- 來。瑞清 --a tòe 伊 kha-chiah 出 -- 來，準備 beh kā hit 樓 ê 守衛仔刣 -- 死、奪武器。哪 ē 知瑞清 --a beh 出手 ê 時，soah 心落軟。

人講天不從人願，爛田準路 mā tiȯh liâu-- 落 - 去，無緊走穩死無活。Siáng 知扞著 tng hông 刑 --tńg- 來 ê 欽宏，後壁 koh 一個警衛仔 tòe tī kha-chiah。Hit 个警衛仔就是三不五時刁工 kā in 刑，三頓無愛 hō̄ in 食飯 ê 志忠。

欽宏目尾影著 in neh 跤尾 beh 走 ê 時，伊順勢用身軀 kā 兩個守衛揬倒。明雄 kap 瑞清隨 kā 倒 tī 塗跤 ê 志忠雙手縛 -- 起 - 來，koh 損 kah 昏昏倒 -- 落 - 去。Hiau-hēng--ê 是，志忠已經 chhih 警報 --ah，所有 ê 守衛仔 lóng 知有人 beh 走監。雄 --ā 一枝齒抿 ê 柄磨 kah 尖 le-le ná 鑽仔，準備 beh hō̄ 伊好勢，清 --a soah kā châm[1]，「好 --ah，lán 緊來逃命 khah 有影！」

---

1　châm：就是華語「阻擋」ê 意思。

　　眞緊，規個監獄 ê 守衛收著通知有人走監，mā 武裝 -- 起 -來，準備走一个刣一个。Hit 時，in 手頭 lóng 無一件 thang 看口 ê 武器，若 beh 硬拚是穩死 --ê。欽宏 --ā chiah 對 in 兩人講：「Lín 趕緊走，m̄-thang chhīⁿ-chhńg，趁 chit-chūn 無人知，掠我一个 khah 贏三个 lóng hông 掠。Lín 我好兄弟，lín 以後若 ē-tàng 活 leh 出 -- 去，請 lín tàu 照顧阮查某囝。」就是 án-ne 一句話交代好勢，就隨掩護 in 先走。落尾，欽宏 --ā hông 刑 kah m̄-chiâⁿ 人，掠去馬場町銃決。

　　Che 是 5、60 多前 ê 代誌 --ah。Tī 病房內，時間對 in 來講親像是一種責罰，bē 輸少年時 hông 掠去坐監全款 hiah 艱苦。Tī chit 個世代，歷史少人致意。政治 láu 仔便若 hoah 講「拚經濟」，in 就歡喜 kah ná 食著春藥；便若講 beh「轉型正義」，in 就 nauh 講是刁工 leh 擾亂，敗害社會 ê 平和。Khêng 實，光復前，in 兩家伙仔無熟無 sāi，極 ke 是路 -- 裡 sio 閃身 ê 過路人 niâ。Hit 時，社會和平、國家安定，逐跤灶 ê 生活 lóng 眞美滿，過了眞和樂，隨人有家己 ê 頭路。

　　不時 tī 夢 -- 裡，夢著 hit 日「光復」逐家歡喜迎接祖國國軍入港 ê 情形。人人 tī 街仔路雙爿徛齊齊，有人專工 sah 麵 beh 賞 --in，鼓舞 in 唱 sah 麵歌，眾人 ê phok 仔聲無停。Hia-ê 國軍看 -- 起 -來 ná 逃難 ê 乞食，規身軀 thái-ko-nōa-lô，beh kap 逐个人手牽手跳舞，lóng m̄ 知羞。人愈來愈濟，逐个人 lóng 箍箍做伙，愈箍愈大輾，一直 tńg、一直 sèh，m̄ 願停。雄 --ā 想 beh 放手，

chiah 發現雙手手 pô hō 鉛線 kǹg-- 過，流血流滴，逐个人開始哀 chhan。 M̄ 知佗位來 ê 兵仔開始掃射，攑銃尾刀 tùh hia-ê 跳舞 ê 人，刣人 ná 刣精牲，比阿本仔 koh-khah 雄。

Ùi 病房 ê 窗仔看 -- 出 - 去，月娘光掖 -- 落 - 來，天頂浮漂 ê 烏雲徙動 chiok 緊，烏影罩 tī 規个大樓，一下仔光一下仔暗。兩个人 chhī-bú-chhī-chhā 親像 leh 計畫啥。

「你去 kā 伊講 -- 一 - 下，看伊是 m̄ 是願意 kā lán tàu-saⁿ-kāng-- 無？」

明雄手伸入去外疊內面身倒手爿 ê 暗袋仔，hit 包薰 ná 像伊 ê sai-khia，用曆日紙包 --leh。Khêng 實，伊已經改薰 --ah，chit kái 是 beh kap 瑞清講代誌，chiah 刁工挖 -- 出 - 來 --ê。伊 tu 一枝 hō 瑞清，清 --a 目尾影 -- 一 - 下就隨越 -- 過 ná 搖頭，吐大 khùi，雖 bóng 手 ná póe，mā 是 kā 薰接 -- 落 - 來。

「應該按怎就按怎，ài 還 --ê mā tiòh 還，是講 lán kám 定著 ài án-ne？」

「Lín 娘 --leh，你就是 hiah 軟 chiáⁿ！Taⁿ，lán 歲頭仔幾歲 --ah，koh 活 mā 無幾年 --ah，chín 無做，你最後一口 khùi 敢吐 ē 出 -- 來，去揣你死 beh 4、50 冬 ê 某仔囝？Kán，你 m̄ tō chiok 天良！」

清 --a 喙仔 ná pok 薰 ná nauh 講：「你 mā 知阿鑾 ê 性，伊 thài ē 有可能 kā lán tàu-saⁿ-kāng--leh？」明雄目睭 gîn-ò ⁿ-ò ⁿ，喙仔 hit 枝薰咬 leh 大 chhùi suh，隨用倒手真緊 kā 薰頭 tōaⁿ ǹg 清 --a。薰頭親像一粒 tòh 火 ê 銃子射 -- 過 - 去，清 --a 看 kah 明明明，mā 無

愛閃，放伊 tiȯh 家己。四散 ê 火星 tī 伊身軀 káⁿ-ná kiōng-beh 燒--起-來，in lóng 無講話，親像想起啥 mih 代誌。

已經過幾冬--ah？明雄 kap 瑞清已經 m̄ 知按怎算--ah。風 kā 邊--a ê 樹仔吹 kah 幌來幌去，一个烏影 bih tī 草埔內徙動，雄仔 khian 一粒石頭過--去，一隻歇睏 ê 狗仔驚一下 chông--出-來。In 兩人 sio 對看，親像即時 ê 理路 bā 拄 bā，kí-chháiⁿ 互相 kí ná 笑 ná 搖頭。

「Kán，死精牲，佗位 m̄ 去，偷聽 lín 爸講國家大事。」兩人 suh 薰 suh kah khuh-khuh 嗽。

「哈哈，lán chit-má 免 koh 驚--ah！臭頭仔死--ah，伊 ê 雜種仔囝 mā 去蘇州--ah。」

「是無白色恐怖--ah，kan-taⁿ 人心是臭 kah phàⁿ--去--ah。Chit 種代誌 lán 無做，無人替 lán 做。台灣人軟 chiáⁿ，khah 顧 to beh 顧新台票頂面 hit 个死人面，伊刣死 in 祖公媽 mā bē 致意。」兩人一句來一句去，bē 輸 che 代誌 tī in 心肝頭 lóng 無結束 ê 一日。

60 冬前，in 兩人 kap 欽宏 lóng tī 學校做老師，對教育充滿熱情，koh 對西方社會主義、哲學有眞深 ê 想像。尤其是 *Wilson*「民族自決」概念 ê 衝擊，in chiah ǹg 望台灣人有一日 ē-tàng 行向獨立 ê 路。有一寡 khah 有勇氣 ê 智識份子認爲過去對中國 ê 認 bat 過頭粗淺，發現西方 ê 社會主義 chiah 是台灣人上需要--ê，經過戰後幾冬，mā 沓沓仔發現台灣人 kap 中國有眞大 ê 精差。In 三人不時互相研究討論，落尾，組織一个讀冊會，

ǹg 望學生因仔接觸西方 ê 智識，拍破 he 支那 ê 神話 kap hàm 古代。Tī hit 个時代，國民黨政權不時派 jiàu-pê 仔 tī 社會每一个階層監察，學校 koh 愈免講，顛倒是上好洗腦 ê 場所。總 -- 是，in lóng 認爲 che kan-taⁿ 是智識 ê 交流 niâ，siáng 知 iáu 是引起學校內 saⁿ-kha-á ê 注意。

　　清 --a 當然想 beh 報仇，in 某仔囝 tī 伊坐監 ê 時，無人照顧，厝內人無錢走去 kā 錢莊借，無錢還 -- 人，某仔囝 hō 人掠去賣。尾 --à，想 beh 偷走 soah 活活 hông 拍 -- 死，伊 kám bē 怨恨，哪有可能 kā 放 bē 記 -- 得？Áh m̄ 是 kan-taⁿ 坐監 ê 人 chiah 受白色恐怖 ê 疼，身邊 ê 人、in 教 -- 過 ê 學生因仔 lóng hông 掠。伊 kap 明雄 ē-tàng 度過 30 多外 ê 監牢，koh 活到 chín，對 in 來講已經是天大 ê 恩典 --ah。

　　「你 iáu ē 記得 hit 暝 -- 無？」

　　「我哪有可能放 bē 記 -- 得，若 m̄ 是我……我 sioⁿ 過軟心無照計畫行，kā 守衛仔刣 -- 死，欽宏就免 hông 銃殺 --ah。」

　　「Taⁿ，阿鑾 mā 大漢 --ah，對欽 --a 總算是有一个交代，koh hit 籠死人忠現拄現就 tī lán 目睭前，chit 半百多 ê 冤仇應該 ài 結束 --ah。」

　　結束？Che 時代 ê 苦齣若無親身經歷 -- 過，眞 oh hō 人理解，koh 有序大人教示囝兒政治 m̄ 好 bak，he 受難者家屬 chheh 心看無眞相、等無正義 ê 一工，濟濟人選擇放 bē 記 -- 得。Lán 人知 che 就親像 pū-lâng ê 空喉，無 chek 怎好 ê 離。

Tī chit 間看護院內底，老人 m̄ 是 thian-thóh，無，就是規日 thàng 天倒 tī 眠床，ài 人看顧。內底 ê 環境原本眞 bái，不時一 chūn 一 chūn àu 臭 ê 屎尿味，koh 有藥水味透 lām 做伙流通，hō͘ 人鼻著就想 beh 吐。Chit 陣無路 thang 去 ê 老歲仔 koh 有看護婦 掠外，啥人 to 無想 beh tī chia 蹛 sioⁿ 久。

總--是，阿鑾來了後，chia-ê 狀況漸漸改善，病房內 ê 氣氛 mā 愈來愈好。

Sio 連 sòa 落雨天，今仔日總算開日，日鬚 ùi kha-tián 縫 chhiō--入-來。Chit 禮拜阿鑾值班，因為伊對待病人 chiok 親切，不時笑面好喙去看顧 chia-ê 老人，眞得 in 呵咾。最近伊 hông 升起來做長--ê（tióⁿ--ê），koh kap 一个查埔醫生 leh 行，ke 眞無閒。總--是，阿鑾 lóng 有 kā 伊份內 ê 穡頭做 hō͘ 好勢。伊 ê 烏頭毛 hō͘ 日頭照 kah 發光，kap 伊白雪雪 ê 皮膚 sio 比有眞大 ê 精差，hām 老人無論查埔、查某 lóng hō͘ siâⁿ--著。伊若 m̄ 是天使，就是媽祖！

「阿鑾--ā，你哪 ē chiah 早來？」In 兩人同齊問阿鑾。

「阿清叔，無早--ah，今仔日我值班，你 kap 明雄叔面色 lóng bē-bái--ǒ！」

「來，先 hō͘ 我量一下仔血壓--leh，chiah-koh 講，無，等--leh 就 koh ài 重磅。」

阿鑾 ê 歲 ē-tàng 做明雄 kap 瑞清 ê 查某囝，khêng 實，伊 ē 來到 chit 間養老院食頭路，mā 是爲著 beh 照顧--in。Che 故事 ài ùi

幾十多前 in kap 阿蠻 ê 老爸欽宏做伙坐監講起。

　欽宏自 hit 幾十多前，替 in 走監 ê 代誌就 hông 以主事者 ê 罪名來判死刑，隔暝隨掠去馬場町銃殺，hit 工拄好是伊滿 26 歲 ê 生日。明雄 kap 瑞清是因為伊 ê 犧牲 chiah thang 活到 taⁿ。

「眞好，lín ê 血壓 lóng 眞正常。」

「阿蠻--ā，聽講你做長--ê--neh，眞無簡單，阮兩个老--ê 無問題--lah，你緊去無閒，該食--ê mā ài 食，m̄-thang 顧做 khang-khòe--hahⁿ！」

「知--lah，lín 兩个對我眞照顧，眞歹勢 hō͘ lín 煩惱。」

　瑞清 kap 明雄坐監 beh 十外多出來了後，就趕狂 beh 揣欽宏 in 查某囝 ê 下落，落尾 chiah 知伊 tī 一間大病院 leh 做護理師。阿蠻 ê 成長過程欠缺阿爸 ê 疼惜，造成伊後--來出社會 kap 人交陪 tài 一寡自卑 ê 心理。原本伊無法度諒解 in 老爸，加上 lán 人學校 ê 教育 koh 是黨國起造 ê 歷史，kā lán 台灣人洗腦做是龍 ê 傳人，hia-ê 受二二八、白色恐怖 ê 人 lóng 是敗害社會國家 ê 人。就是 án-ne ê 因端，in 兩人 khai 不止仔濟時間接近--伊，hō͘ 伊理解 in 老爸 m̄ 是人講 ê 歹人。

　養老院 hit 日入來一个新 ê 老人旺--ā，看--起-來比明雄 kap 清--a ke khah 濟歲，行路 khiau-ku，一副目鏡吊 tī 頷仔頸。伊 ná 行 ná 攑頭看方向，一枝拐仔 thuh--leh thuh--leh，雙跤 ná chhê--leh 拖--leh，塗跤 thài-lù khi-khi-khok-khok，bē 輸 leh hiàm 人看 ê 款。雄--ā、清--a 兩人同齊看 ǹg 伊，拄好 kap 伊目睭 siosiòng，頭起先雄--ā 心肝頭先 chhiak 一下，旺--ā tùn-teⁿ-- 一 - 下 káⁿ-ná 有話 beh 講，清--a mā 感覺 chit 个人 káⁿ-ná 佗位看 -- 過、面熟面熟。

「Tiȯh，人中 hit 粒痣！」

目睭前又 koh 是 hit 暝伊 kap 清--a 走監 ê 情景，欽宏為著 in 兩人 chiah 食罪，伊 hông 逼口供問 kám 有別个共謀 -- 無。監獄內 lóng 是伊 hông 刑 ê 悽慘聲，koh 有 kā 刑 ê 人兇狂、樂暢 ê 笑聲。Hit 个人現此時 koh 出現 --ah。就是伊 kā 欽宏跤手 chéng 頭仔 ê chéng 甲一塊一塊用虎頭 ngeh 仔 chiâu-chiâu 挽 -- 落 - 來。欽宏 kha-chiah-phiaⁿ 一巡一巡 ê 空喙，血水不時 leh 流，規領衫 bak kah 血 sai-sai。

「阿伯，我 kā 你紹介 chia ê 環境，順 sòa 紹介 lán chia 兩个人 hō 你熟 sāi，有啥代誌 ē-tàng 先問明雄叔 kap 阿清叔。」

「清叔、雄叔，我 kā lín 紹介，chit 位是火旺伯，lín ê 新厝邊。以後 chiah 拜託 lín 照顧。」

明雄代先 kā 伊 ná sio 借問 ná 笑，he 笑在清--a 看 -- 起 - 來真無自在，bē 輸伊看 thàng 雄--ā 心肝頭 leh 想啥。Hit 个旺--ā 冷冷，mā kan-taⁿ tìm 頭 niâ，親像無愛 chhap-- 人 ê 款。

Chit 幾日，雄--ā 心頭 bē 定著，規日 kap 冤仇人 tī 全一間病房，koh tài 一寡 kiōng-beh 衝 -- 出 - 來 ê 鬱氣。面仔 ê 表情 kap 最近 ê 天氣有 tàng 比，一下仔罩烏雲，koh ē 搧 hit-lō 絞螺仔風；一下仔出大日頭，一屑屑仔風 to 無。阿鑾逐工巡房看頭看尾，

早 to 致覺雄叔 --à 自從火旺伯 --à 來，就有小可變化。總 -- 是，無 ke 想，定著是生份人雄雄入來蹛、bē 慣勢 niâ。清 --a mā 早 to 懷疑 chit 个人就是害 in 走監無成 ê 人，mā 是害死欽宏 ê 人，是講伊 ê 名哪 ē ᵗ鬥 bē 起 -- 來。對 in 兩个來講，chia-ê bat 害 in 家破人亡 ê saⁿ-kha-á，準講化做 hu，mā 有法度認 -- 出 - 來。人講心肝頭有代誌無 tháu、直直 thūn，定著一日 ē piak-- 出 - 來。雄 --ā，殘殘決 -- 落 - 去，beh kā chit 个冤仇做一擺收煞。

「清 --a，你 kám 認 bē 出 -- 來？Kám beh koh 像龜仔囝全款激恬恬？」

「伊名 to 無全 --ah，若無，你是 beh 按怎？食 kah chit 个歲 --ah，心肝放 khah 清 --leh，煞煞 -- 去。」

Khah 好心 ê 人，對過去別人對伊偌 bái 拄偌 bái，的確 bē khioh 恨。是講，che siàⁿ-siàⁿ 是歷史有錯亂 ê 人上好 ê nôa-thâu，chéng 頭仔顛倒 kí ǹg hia-ê 受害者講 lóng in m̄-tiòh，擾亂社會 ê 和平，koh nauh 講目前拚經濟 chiah 是 lán 人致意 --ê。

清 --a 當然 mā 有怨恨，家己一个好好 ê 家庭，án-ne 烏有 -- 去。便若想，心肝頭就像刀 koh liô-- 一 - 擺，某仔囝 tī 遠遠 ê 所在 leh iàt 手，伊 sian jiok to jiok 無。Chit 層代 hō͘ in 兩人 soah khí-mo͘ bái，一段時間無愛交 chhap，éng 過病房內 hit 款老人仔會話東話西 ê 情景雄雄無 -- 去。

講著 chit 个火旺 --ā，睏日 -- 時，m̄ 食 mā m̄ 起來放屎尿，極 ke 是護士 tàu 用 chiah 甘願，暗暝就 koh 用伊 hit 枝拐仔 thuh 去便

所、thuh--tńg-來。Hiau-hēng--ê是逐暝lóng仝款戲齣，吵kah規房間ê人無法度睏。

「志忠--a！Kán，你khah差不多--leh--ǒ！」火旺--ā人耳空重，聽bē清。

總--是，親像聽著有人leh叫--伊。心肝頭chhiak一下，chit 5、60多來少人知影伊ê本名，taⁿ，病房內哪ē有人知？Iah是家己leh眠夢？Chǒaⁿ án-ne sio連sòa幾若工，m̄敢落眠床放屎尿，血壓chhiâng-chhiâng滾，無閒死hia-ê護士通腸通糞口、醫生插尿管，人chiah khah定著。Che好戲雄--ā、清--a lóng無làu-kau，清--a看雄--ā面仔紅膏赤chhih，喙仔sėh-sėh唸，chéng頭仔ná kí，bē輸心花開。清--a kā問，伊lóng笑笑kan-taⁿ講伊家己來主意就好，叫清--a mài問kah一枝柄thang夯。總--是，心肝頭早to leh臆雄--ā定著有報冤ê意思。雄--ā人老bóng老，頭殼iáu真精光，走監ê計策就是伊想--出-來--ê，mā是án-ne，欽宏ê死，家己真自責。

病房愈來愈臭，ùi火旺--ā ê病床直直有屎尿味傳--出-來，護士便若來巡房lóng ài piàⁿ掃，火旺--ā bē歹勢，顛倒有時歹chhèng-chhèng唸講洗無清氣，無，就是哀講sioⁿ過粗魯。久了後，護士逐家lóng開始怨嘆，真無愛顧--伊。全房ê明雄kap清--a，mā一句來一句去，講話kā ge。

Hit暝阿鑾顧暝班，mā真濟同事kā投講火旺--ā真歹顧ê代誌。所致，鑾--ā家己調班講伊來處理看māi，就是án-ne chiah

無細膩看著明雄leh kā 創，家己 ê 愛睏藥仔偷偷仔摻 tī 火旺 --ā ê 茶 -- 裡，等伊睏落眠，chiah kā 家己 ê 屎尿倒 tī 伊 ê 尿 chū 仔內，kā 伊創治。

「伊就是害死 lín 老爸 ê 人，陳志忠。名改 --ah，hit 个死人面化做 hu 我 to 認 ē 出 -- 來。Hō͘ 我 kāng-- 一 - 下，是佗位超過？」

阿鑾聽明雄講 -- 一 - 下，目睭起霧。囡仔時 ê 惡夢親像 koh tńg 來揣 -- 伊，規个人起雞母皮，chiah 拄 beh 徙跤步 niâ，無細膩 koh 栽 -- 落 - 去，驚一下頭殼 gông-- 去。

「阿爸 liam-mi tńg-- 來，你 tī 厝 -- 裡等，聽阿媽 ê 話。」欽宏留 chit 句話 hō͘ 查某囝，去警察局就無 koh tńg-- 來，hām 墓仔 mā 是明雄 kap 瑞清出獄了 sì-kè 探聽 chiah 揣 -- 著，落尾 chhōa 阿鑾來拜。

Hit 時，伊 chiah 7、8 歲外，過無偌久，阿媽 siàu 念囝，三頓配目屎，m̄-chiâⁿ 食 m̄-chiâⁿ 睏，sì-kè 走 chông，去沃雨感 -- 著中風，倒 tī 眠床兩、三個月後就去 --ah。阿鑾無親無 chiâⁿ，chiah hông 送去孤兒院。Tī 戒嚴時代，人若聽著政治犯，走 káⁿ-ná 飛 --leh，政治犯 ê 家屬 beh 受教育、允頭路 m̄ 是 hông 拒絕，就是 hông 欺負。成長過程濟濟苦難 ê 記持，koh tńg-- 來 --ah。

是歷史 ê 創治，失去阿爸 ê thàng 疼，無諒解阿爸無 tńg-- 來，到 taⁿ 知影阿爸是獨裁政治 ê 受難者。長期 hông am-khàm ê 事實，本底 lóng 放 bē 記 -- 得 --ah，chín 冤仇人真拄真出現 tī 目睭前，soah m̄ 知影 beh ùi 佗怨恨。上怨恨 --ê，顛倒是家己

無 koh 對老爸有思念，因為 he kan-taⁿ 是一擺 koh 一擺悲傷 ê 輪迴。接 sòa--落-來，阿鑾無 koh tī 病房出現，火旺--ā soah 開始 siàu 念 chit 个跤手 mé-liàh、講話溫柔 ê 護士，逐工聽著開門聲就 niau-niau-siòng，看是 m̄ 是阿鑾。

自從雄--ā kā 阿鑾講了後，阿鑾刁工透過住院醫師武哲--à 調查過去 ê 記錄，看火旺是 m̄ 是 bat 改過名，he 健保卡一下 lù，有影無 têng-tâⁿ，伊 40 多前 siàⁿ-siàⁿ 就是叫陳志忠。Che 無查無按怎，查了心肝罩幾若沿烏雲，規个人 káⁿ-ná 消風 ê 雞胿。若無武哲--à 下班陪伴--伊、放假 chhōa 伊出去行行--leh，阿鑾 m̄ 知 tang 時 chiah ē koh 有笑容，無，chit 款祕密心事 teh tī 胸槽，躁鬱症定著 ē 夯--起-來。

雄--ā 自從火旺--ā 入來蹛就不時掛心，逐工原底 ê 活動 mā 暫時扯擺。Hit 日 tī 便所 kap 火旺--ā 搶 beh 佗一个先入去用，hō͘ 火旺--ā 拐仔 tok--一-下，心狂火 tòh，血壓 chhèng-koân，心臟病發作，險險 khiau--去，鑾--ā chiah 趕 tńg 來病院。

「鑾--ā，你 tiòh m̄-thang bē 記得 lín 老爸是按怎死--ê，雄叔--à 若無 kā chit 件代誌收煞，死目 to m̄ 願 kheh。」清--a 雖 bóng 軟心，看家己 ê 老兄弟 ê 心 kat 無 tháu，koh 想起家己原底美好 ê 家庭，目屎 ná 輾、雙手 ná gīm 雄--ā ê 手，「你 m̄-thang 逼阿鑾，che 換我來主意，你免掛礙--lah，好好仔歇--一-下。」

屜仔 thoah--開，揣 hit 張死亡證書 kap 相片，che 是前幾多阿扁--à 做總統 ê 時，kā 過去戒嚴 ê 資料解密，濟濟受難者 ê 家

屬 chiah 知影家己 ê 老爸老母按怎 hông 判刑、埋 tī 佗，bē 赴送到
手 ê 遺書 mā chiah 交 hō 家屬。Khah 悲情--ê、等 bē 赴--ê 已經先
tńg--去，永遠 m̄ 知 in 死進前對某囝 ê 思念。

　　暗暝，火旺--ā 行入去台南城隍廟，看見「爾來了」三字
大大 ê 牌匾，驚一下 un--落-去。一个人 tī 城隍爺耳仔邊 leh 講
話，頭毛散披披，火旺--ā m̄ 知 kā siáng 借膽偷偷仔 lió--一-下，
koh 想 beh 看 hō 眞，看一下目神 hō 勾--去，行到 hit 个人面頭
前。Hit 个人七空流血，跤手十肢 chéng 頭仔 lóng 無 chéng 甲，
兩蕊目睭 ná 烏空 thap-thap 看無底。火旺--ā 越頭 beh 走，雙跤
soah ná 去 hō 釘 tī 塗跤，規个人栽--落-去，攑頭看，一個查某
囡仔 ná 走--過-來 ná 叫：「阿爸，你 m̄-thang 離開--我。」Hit 个
kám m̄ 是阿鑾，伊哪 ē tī chia？伊哪 ē 叫伊阿爸--leh？一目 nih，
查某囡仔倚來牽伊 ê 手，冷 kah 親像寒--人 ê 霜雪凍入去心肝
頭，伊想 beh 講話，chiah 發現嚨喉 ná 生鉎 ê 狗齒仔 pháng bē
tńg，伊跪--落-來 chiah 發現囡仔 ê 頭殼一半無--去，直直幌伊
ê 手，háu beh 揣老爸。就是 chit 个因端，人驚 kah 昏死三暝三日。

　　「Mài 來--lah，是我 m̄-tio̍h，害你無老爸。」Thí 開目睭看著
人，隨 kā 人會 m̄ 是，一直會 bē 煞。人人看 chit 位老人，定著
是少年時歹代做 sioⁿ 濟，食老 leh thian-tho̍h，kā 家己做--過 ê 代
誌 lóng jiàu-jiàu--出-來，濟歲人 khah 厚 khiàn-sńg，講是冤親債
主來討，家己做得來--ê。

　　「你 bat tī 景美看守所做警察--hohⁿ？阮 iáu 認 ē 出--來。」

雄--ā、清--a兩人十肢chéng頭仔伸tī伊面頭前hō看一下眞，
親像斷--去koh歪ko-chhih-chhoah ê樹枝，雙手手肚滿滿lóng是
一粒一粒hō薰頭ù ê khî。Chit招是志忠上愛對付受刑人--ê，有
時伊koh ē聽見in ê哀聲，伊哪有可能bē記--得。伊萬萬想bē
到--ê是，食老ê時ài koh面對少年時所做ê代誌，承認錯誤。
Che對伊來講kan-taⁿ是一項khang-khòe niâ，準講是beh奪人ê性
命，mā是有理有氣。阿鑾徛tī門後，驚日光燈照--落-來ê影
害伊hông發現，身軀phih-phih-chùn。阿鑾想beh問志忠，kám
是伊kā in老爸害--死--ê，soah無膽。凡勢是伊hām阿爸ê面生
做啥款to記bē起--來--ah……無偌久進前，伊chiah咒誓無愛
koh想起chit件艱苦代。

　　「南無觀世音菩薩、救苦救難神尊，土地公祖……」Lín
就保庇--阮，hō阮chit个5、60多ê冤仇做一擺煞。雄--ā不時
交代清--a chit擺絕對m̄-thang koh落軟，眞少人ē有第二kái ê機
會，koh再講，應該無啥人去致意in chia-ê老人是m̄是ē-tàng活
過明仔載。

　　阿鑾定著知in心肝頭ê怨恨，總--是，伊ē-tàng做啥？伊
應該按怎面對chit个害死in老爸ê老人--leh？阿鑾唯一一張老
爸ê相片是tī 26歲ê時hip--ê，眞緣投；hip相hit工，mā是in老
爸hông銃殺ê hit一工。有影腫頷，chit个老人kiōng-beh lian--去
ê體格hō伊ê恨無法度起火，無tiāⁿ是阿鑾m̄願kap志忠全款，
變做一个殺人兇手，「就算伊bat對我做過眞狼毒ê代誌，伊

mā無應該受chit種責罰死--去。」

　　武哲--à一日早起孤一人巡房，刁工tī in ê房間lā話屎，先kā旺--ā看看--leh，一手牽伊正手，一手貼伊kha-chiah，àn落來tī耳空邊講話，「放心，……有我tī--leh，黨ē hoàt-lóh……，你氣色bē-bái--ō，若有法度ài落來行行--leh。」旺--ā面仔隨展笑容。武哲講了，就行ǹg雄--ā、清--a ê眠床，面仔tài一款in kán-ná佇bat看--過ê笑容。

　　「阿伯--à，lín最近火氣kán-ná有khah大--ō，一寡代誌m̄-thang koh想--ah，對lín無幫贊--lah。逐工án-ne好好仔過日kám m̄是眞好？」Che一句一句ê話親像leh kā人ge，一時仔想無，kan-tan想講醫生是爲in好niā-niā。武哲beh離開進前sái一个利劍劍ê目尾，in兩个老--ê m̄知影按怎，soah感覺有一chūn壓迫ê氣chhîn--過-來，kiōng-beh倒落去眠床，講bē出話，kan-tan看見伊領仔pín一个車輪形ê pín針眞hián目，輪仔一齒一齒親像beh kā in kauh--過。

　　「M̄是戒嚴--ah，」雄--ā偷偷仔kā清--a講，「kám講in到tan iáu不時leh監查--lán，食到chit个歲--ah koh leh jiàu，beh hō lán死tī監獄？」

　　「Mā m̄是無可能，你看國仔民桶chín koh chhāi tī hia好好，黨產規大堆，不時hoah抴經濟騙gōng人，免戒嚴mā有人爲著趁錢出賣自尊，認賊做老爸。」

　　「In變巧--ah，聽講chit-má手機仔chhih-chhih--leh，lán一寡

資料，食啥、用啥、見啥 mih 人、bat 做過啥 li-li-khok-khok 死人骨頭，lóng 隨記 tī 總部。」雄雄 koh 想起過去 hit 款恐怖 ê 氣氛，規个人 sih-sih-chùn，咬牙切齒。雄--ā 喙仔直直唸：「無可能，無可能……。」

　　Koh 過兩工，雄--ā 感覺胸槽眞 hip koh 沉，請清--a khà 電話叫阿鑾來參詳，chit 件代伊決心 beh kā 收煞，伊無可能 koh hō 國民桶掠第二擺。若掠有，mā kan-taⁿ 伊一 sian 老人仔殼 niâ，伊 ê 靈魂是掠 bē 著--ê。「清--a，chit 擺絕對絕對 bē-tàng koh 落軟，lán chit 代 ê 代誌 m̄-thang koh 放 hō 後一代。Éng 過 ê 錯誤 m̄ 好煞煞--去，lán mā m̄ 好 hō 阿鑾歹做人。Che 是 lán 欠欽宏--ê，還還--leh，beh 死 mā chiah 甘願。」清--a kan-taⁿ tìm 頭，目箍 kâm 目屎 kiōng-beh 輾--落-來，bih 喙，話 tháu bē 出--來。

　　旺--ā 攑 hit 枝拐仔，tī 塗跤直直 khok，koh 不時攑起來半天頂 ǹg 雄--ā ê 床比來比去畫符仔，親像 leh 宣示講伊贏--ah。清--a 看 kah 心狂火 tȯh，bē 輸 leh 蹧躂--伊全款。「你名改--ah，人猶原 hiah 狼毒，有影，過去 sioⁿ 過軟心，chiah ē 行到 chit 款地步。天 leh chhiâu--lah，免 sioⁿ hiau-pai。」

　　「Lín chia-ê 叛亂份子，ē-tàng 活到 chín，無好好仔寶惜，koh leh 想空想縫 beh 輸贏，lín 食 khah bái--leh。」

　　阿鑾 sak 醫療車入--來 ê 時，in chiah 無 leh tak，beh 量雄--ā ê 心跳 kap 血壓，隨發現雄--ā 半身中風，趕緊通血路，聯絡攝影醫學科 ê 人 beh 做電腦斷層掃描。Beh 出病房門 ê 時，行 ǹg

旺--ā ê眠床àⁿ落來tī伊耳空邊講：「你kám m̄驚lín序細ê有報應？」旺--ā聽一下chŏaⁿ gâng--去，想著hit个叫伊阿爸頭殼一半無--去ê囡仔，城隍爺徛tī伊後壁gîn-òⁿ-òⁿ leh看--伊。

雄--ā精神了後，kā阿鑾手khiú-tiâu--leh，親像beh kā講話，阿鑾háu講：「我自細漢老爸早死，你是阮ê親人--啊，tiòh-ài kā身體顧hō好，m̄-thang koh有掛礙，ke凝心niâ。」瑞清tī邊--a，顚倒勸阿鑾支持in ê計謀，ài伊m̄-thang bē記得是因爲in阿爸ê犧牲，chiah有今仔日台灣ê民主。雄--ā眞勉強手擇起來póe，親像beh講m̄-thang--lah。「我知按怎做，叔--à，你放心--lah。」阿鑾頭殼bē輸千斤重tìm--一-下，清--a chiah無koh講--落-去。

過幾日，旺--ā beh去大廳看電視，人人tng-lch看公視節目，伊就硬beh看中天新聞，人m̄允--伊，伊soah起歹，拐仔擇--起-來就mau。M̄知影按怎眾老人同齊hoah，「土匪beh戒嚴--ah，土匪beh戒嚴--ah」，人人雙手手pô比做銃親像beh kā tōaⁿ，hoah救人ê聲、哀chhan ê聲，pin-pin-pōng-pōng，等護士kap武哲到位，chit齣戲chiah煞。旺--ā感覺家己ê身份已經piak空，家己做--過ê歹壽代終其尾ē hông清算，kám講除了雄--ā、清--a、阿鑾in三个，iáu-koh有別人？伊入來chia是有人設計--過--ê？

「你放心，你對黨國ê貢獻眞大，無人ē-tàng傷害--你。你千萬m̄-thang承認你做過啥，in按算beh逼你做轉型正義ê交替。我已經掌握病院內底hia-ê叛亂份子kap in ê後代，準備總

sa。」武哲--à án-ne kā 安搭。想 bē 到，黨國到 taⁿ，組織 iáu 是 bā koh 幼，解嚴是 leh 騙人好食睏 niâ，m̄-chiah 有人講「政治零分，拚經濟 khah 實在」。Khêng 實，私底下烏名單 lóng 記 kah 無一个 làu-kau，你我每一人 lóng hông 監察，hō 你走閃 bē 去。

「無 m̄-tiòh，lán lóng 有 tòe 時代 leh 行，提民主制度掩護黨，世間無比 che koh-khah 有路用。」

阿鑾頂一 kái 交男朋友是大學 ê 時 chūn--ah，分開 ê 原因是男朋友 in 老爸發現阿鑾是政治犯 ê 後代，驚影響著伊未來升等。有時一寡代誌想 beh kā 放 bē 記--得，永遠 to 無才調；總--是，愛情就有 chit 个才調，mā 知設局 chit 味 kài 好用。

Hit 日，武哲紮兩个便當家己 chhoân--ê，一个 beh hō 阿鑾，sio 招 tī 一个無人擾吵 ê 所在做伙食。便當內一粒滷卵半爿，卵仁金黃透光是刁工做--ê，叫阿鑾試食看 māi 有 hàh--無。Hit 半粒卵內底 m̄ 知 hē 啥藥，阿鑾 hō 伊迷 kah m̄ 知東南西北，koh kā 旺--ā ê 代誌放 bē 記--得。「你若 kah 意，我逐工做 hō 你食。」就 án-ne，阿鑾 ê 行蹤，武哲有 thang 清清楚楚，身軀邊朋友是 siáng、leh 創啥，下班活動所有 ê 一切，完成伊監查 ê 任務。

Mā 是因為阿鑾 án-ne，害雄--ā、清--a 兩箍老人 leh 掛心，hit 暝 chiah 無照計畫 tī 樓梯頭直接 kā 旺--ā chhia--落-去。旺--ā 摔無死，想 bē 到規身軀骨頭 hām 斷一枝 to 無，總--是好歹字運，頭殼心對對 khok 一下斷腦筋，chhoaⁿ 倒 tī 眠床 bē-tín-bē 動，賭半條命。志忠死無去，hō 雄--ā、清--a 逐日看 kah cho 心肝

chàm 塗跤。旺 --ā 插管 bē 講話，聽 ē 著，不而過耳空眞重，khêng 實頭殼 iáu 靈通，是講無人知，也無 khah-choȧh。

Hit 日，旺 --ā 想 beh 落眠床放尿，拐仔园 tī 床邊兩、三步，無 ta-ôa 賭強無行 bē 用 -- 得，踏落塗跤雄雄感覺跤頭 koh 不止仔有力，腰骨 mā thang 徛 thêng-thêng，細細仔步徙 -- 一 - 下，家己驚一 tiô，ná ē hiah sáng 勢，大 hoáh 一步 hō 落 koh 一步，規个人歡喜 kah。Tng-leh beh 起 lōng ê 時，有人 kā hoah：「志忠 --a，你 koh 來 --ah，來 --ah 就 mài tńg-- 去 --ah。」

Hiau-hēng--oh，叫是 siáng leh 叫，一下越頭，he m̄ 就是欽宏 giàng 牙吐舌，手 koh 牽一个查某囡仔無半粒頭，上 kài 頂頭城隍爺歹面腔 gîn-ò·n-ò·n leh kā chhin。「你 beh 認罪 -- 無？」一句話 kán-ná tōan 入去耳空鏡，走 bē 出 -- 來。

天拆 háh，拍 phú 仔光照 -- 入 - 來，chùn-- 一 - 下，拍精神，thí 開目睭。有人 tī 耳空邊 leh 叫，拼勢 tńg 目睭仁 beh 看，hām 武哲 to 認 bē 出 -- 來。度過危險期，管仔 pak 了，人 soah thian-thian-thȯh-thȯh，倒 tī 眠床 m̄ 是 hoah「叛亂份子」就是「jiàu-pê 仔」。雄 --ā、清 --a 看志忠 --ā chit pān，心肝 mā 無 khah 清。武哲 --à 心內驚惶，驚人風聲透，引起正義委員會 ê 注意，派人來調查。

武哲 chit 時 chiah 想起有一暝聽見雄 --ā kap 瑞清 ê 計畫，頭殼內牽牽 --leh，心內有主意是 in leh pìn 鬼。若 m̄ 是旺 --ā 起 thian-thȯh 不時 kā 黨國祕密講講 -- 出 - 來，害武哲 ê 身份 kiongbeh 透光，伊 chiah 無出手 bē-sái，拍算順風行船，挖空 hō͘ in 兩人跳。武哲 ùi 家己屜仔提一罐玻璃罐仔 kap 一枝空針，藥水全té--入-去，交代阿蠻 che 是 beh hō͘ 旺--ā 減輕 thàng 疼--ê。阿蠻雖 bóng 感覺佗位怪怪，mā 無 ke 問，何況家己心內知旺--ā chitmá án-ne，是 in 兩个叔--à 做--來--ê，chŏa<sup>n</sup> 答應武哲，無疑悟間接 chiâ<sup>n</sup> 做殺人共犯，家己 mā koh 再 chiâ<sup>n</sup> 做黨國機器 ê 受害者。

　　尾--à，旺--ā khiau--去，病院調攝影記錄出--來，講是看見兩个人 kā 伊 sak，chiah 害伊跋--落-去，che 是一件謀殺，武哲 koh 證明伊身軀 koh 有幾跡人為 ê 外傷。Chit 時阿蠻 chiah 發現害--ah。雄--ā、清--ā 生本就 m̄ 驚死，年歲 mā 有 ah，koh tī 白色恐怖時期坐過監，準講 koh hō͘ 掠去關，mā 算是有一个交代。是講，in mā giâu 疑旺--ā m̄ 是度過上危險 ê 時期--ah，thài ē khiau--去？

　　是阿蠻落尾家己調診斷記錄，chiah 發現是武哲設空製造 in 謀殺 ê 局。Che 是黨國上厲害 ê 所在，in ê ǹg 望確實有達成，總--是，m̄ 是照 in ê 劇本行。新聞放送講是叛亂份子 kap in ê 後代聯合報 niáu 鼠仔冤，chit 个假名火旺、本名陳志忠正正是好人無好路尾。警方派人來叫阿蠻去警察局問話，khok tī hia beh 半工，khah 問就是：「你是 m̄ 是對政府有不滿？Kám 知 lín 老爸按怎死--ê？」、「是 m̄ 是明雄 kap 瑞清逼你創治火旺？」叫伊若承認就無代誌，無--者，以殺人共犯處理。講是有密報

檢舉，伊無承認 bē-sái-- 得，若是供出 in 兩人，講家己是 hông 騙來參與 --ê，án-ne 就無罪，原底 ê 穡頭 mā bē 無 -- 去。限兩禮拜，親身來警察局內說明。

阿鑾氣 phut-phut，本 chiâⁿ 伊就無愛 chhap 過去 ê 代誌，mā 無愛 kap in 兩个叔 --à 去害旺 --ā，chit-má soah 家己 ê a-ná-tah 是黨國派 -- 來 ê 監查，koh kā 伊牽拖 -- 落 - 去，mā beh kā 害！心肝內上艱苦，chit 段戀情無 tiāⁿ mā 是一齣戲。代誌無 tháu、园踮心肝 koh-khah 凝，總 -- 是，m̄ 知 che 代誌 beh 按怎來收煞。

Chit 幾日，武哲請假刁工 bih tī 厝，無愛來上班，beh 等頂 koân kā in 三人 khǎn-jió-- 起 - 來。Hit 暝行出去買暗頓，遇著一个阿伯徛 tī 路口 leh pun，攑一枝拐仔 thuh--leh thuh--leh，一個腰àⁿ kah beh 90 度，ná kap 人行大禮。武哲刁工 sėh 另外一條路，無愛惹麻煩，siáng 知行無偌久 koh 拄著 hit 个阿伯，bē 輸有分身 ê 款，kám 是全一人？Tng 拄 leh nauh，街路 ê 燈火雄雄 chiâu 失電，賰青紅燈閃閃爍。頭起先，無斟酌看，遠遠霧霧，無疑悟 hit 个阿伯攑頭，人中 hit 粒痣清 koh 明 ná 銃子 siòng ùi 伊目睭。He m̄ tō 旺 --ā！驚一趒，一 chūn 寒氣 ùi 後 khok chông 去 kha-chiah koh nňg 到跤底盤。規身軀起雞母皮，滲尿兼起 ka-lún-sún。「你放心，黨 ē 處理。」一句話 tàn--leh，人 soah 無 -- 去，武哲趕緊 tńg-- 去，hām 飯 to 無買。

阿鑾鎖匙未 chhêng 插，就鼻著一 chūn 死人味，門拍 -- 開，he 味 chhîⁿ-- 過 - 來。武哲規个人吊 tī 半天，舌仔吐吐，已經生

蟲--ah。身軀滲--出-來ê血水積tī塗跤，一liâu椅仔phiaⁿ tī邊--a
kap一枝拐仔。驚一下ná地動頭眩目暗，he索仔斷--去，死體
摔--落-來，兩粒目睭仁圓lìn-lìn輾到伊面前sio對看。精神了
後，chiah知家己昏昏--去hông送來病院。落尾講是武哲走罪
自殺，旺--ā是伊hē毒thāu--死--ê。聽人講hit暝武哲厝無tńg，
行去城隍廟門口直直hoah「我來--ah」，廟埕人聚集，ná講ná
kí：「又koh一个。」

　　阿蠻in三人無罪--ah，chit个案件落尾無張無持結束，mā
無人koh kap in tak纏。明雄kap瑞清繼續tī養老院，親像恢復
khah早tī chia ê生活；koh過幾多後，in仝月日連sòa tī入眠時
過往，面仔真和平，káⁿ-ná對世事無掛礙--ah。阿蠻了後m̄ bat
聽講有交男朋友，辭頭路無koh tńg--去，過去ê好朋友講伊改
名--ah，無愛hông揣，親像beh kā chia ê過去放bē記--得。

　　Chit段故事tī病院流傳，逐家lóng講若是有遭受冤枉ê代
誌，tiòh去青年路拜城隍，不止仔靈siàⁿ。阿源講kah lò-lò長，
che故事人物時間我一時無法度chhiâu-chhek好勢，歹勢kā講我
對歷史轉型正義無真理解。招伊去阿莉水果擔食冰，看che「食
冰剋陰、以毒攻毒」ê退寡冷--bē。一下hoàh出戶tēng，tú-chiah
tī廟埕hit个老人跪tī廟前，雙手kā頭kap跤頭趺moh做伙，ná
háu ná唸「我來--ah」。阿源驚一tiô，頭ná tìm ná唸「作孽」。
落尾，伊kā我講我kám無注意hit个老人ê人中有一粒痣？我
講無去斟酌伊ê生張，問阿源kám有kap hit个受難者ê後代約tī

佗？阿源chiah講hit个受難者ê後代無想beh hông攪吵，訪談ê代誌chõaⁿ取消--ah。

# 情刀

## 玫瑰 ê 贖罪

建銘喉仔笑笑，tī 麻藥發作進前 khà hō 淑雅，電話無人接，建銘 kan-taⁿ 留一句「願 chit 枝手術刀 ē-sái 斬斷一切，一切我所犯 ê 過失，我是罪人，請你原諒 -- 我，我欠 -- 你 --ê，後世人 chiah 來還」，就掛斷 --ah。

Hit 枝利劍劍 ê 手術刀有白 siak-siak ê 刀喙 siòng 準準 ùi 伊 ê 手腕 hia liô--落 - 去，血隨噴 -- 出 - 來。伊 oân-nā 欣賞 oân-nā 發現伊 ê 血原來 mā 是燒 --ê，soah 想無家己是按怎 hiah 無情、殘忍。親像自頭到尾伊是唯一 ê 罪人。Tī 手術房開刀 hiah 濟年，伊第一擺感覺手術房原來是 hiah 冷。

伊 ê 意識沓沓仔回 tńg 過去伊 kap Anna 做伙溫存時 ê 夢境，Anna 完全無抵抗伊 ê 橫霸，顛倒是用乞討 ê 目神求 -- 伊，兩人 ê 肉體 saⁿ-kap，做伙抵抗外來 kí-kí-tùh-tùh ê 閒話。Anna leh kā 伊 iàt 手，hit 个笑容親像伊故鄉白河 ê 蓮花 hō 伊心情無掛礙，in 之間情愛 ê 憑信 m̄ bat 斷 -- 過。

雄雄伊聽見淑雅ê聲，háu kah chiâⁿ悽慘，「你thài ē án-ne來對待--我？你kám有良心？」

手術刀刀肉現出淑雅白死殺ê面腔、死絕ê眼神，一下仔m̄甘ê模樣、一下仔喙角激翹翹leh奸笑，親像leh欣賞伊ê尾路。

冷氣風口sǹg-sǹg叫，總--是，愛情ê火爐猶原無法度來消滅。死亡ê khùi絲早就tī手術房bih tī壁角隨時leh kā討命。手術房是建銘ê地盤，死神討厭--伊，siáng知伊家己揣死，死神凡勢mā感覺驚惶，bē赴來準備，soah hō伊ke幾若分鐘去回顧過去ê罪孽，koh有上思念、上掛意ê人kap事，是m̄是有啥mih iáu未完成--ê？總--是，伊家己beh揣死--ê！就算是逼--著--ah，mā是家己做得來--ê，無啥好怨嘆--ê。

自殺就ē-sái解決一切？He是逃避！建銘伊家己mā知，不而過chiâⁿ實無步--ah。為何無法度堅持愛情？愛情koh是啥mih？是按怎愛情kap親情m̄是全一條理路？人活tī世間有影ài有眞大ê勇氣，若無，就ài眞自私，chiah活ē落--去。讀hiah濟冊，出社會hiah濟多伊chín chiah了解，所有ê智識kap理性lóng是am-khàm家己心內深底ê lah-sap niâ，是一種妝thāⁿ ê藝術。

「若有理路，就bē選擇絕路--ah！」

家己soah對家己問chit款問題感覺愛笑。伊ê血tī塗跤直直淌，親像伊送hō淑雅999蕊ê玫瑰花hiah-nī仔紅，淑雅歡喜kah。伊mā bat送hō *Anna*過，chit件代對淑雅來講是一種侮辱，下賤查埔人phāⁿ chhit仔ê招數。總--是，人lóng逃閃bē過熱情

ê 火紅，啥 mih 仁義道德燒 kah chiân 做火 hu。

　　Hit 種紅 koh hō 伊想起淑雅 leh 生 in 第一胎 ê 時、大出血 ê 情境。囡仔有平安，淑雅 soah 險無命，hit 時伊有影真 m̄ 甘淑雅，講 beh 好好仔對待伊一世人。Hit 種紅 koh hō 伊想起 *Anna* ê 喙唇紅 hám-hám ê 胭脂，親像吸石吸伊 ê 神魂，伊無才調控制，mā 想起 hit kái *Anna* 穿 khōng-pú-lè-sà 衫運動時好身材 ê 模樣。Hit 種紅 koh hō 伊想起結婚 hit 暝淑雅紅 thàng-thàng ê bu-là-jià kap 內褲，伊 kā 淑雅講過伊真 kah 意 hit 種火紅 ê 色水，完全 kā 伊男性 ê hơ-lú-bóng kap 氣魄點 tóh。

　　雄雄感覺 tī beh 死進前，koh 幻想 che 情慾 ê 畫面，家己有影是精牲、變態，lah-sap koh thái-ko。死後，伊猶原是一个風流鬼。

　　建銘當然對淑雅有寡情意 kap 歹勢，畢竟伊 kap *Anna* 偷來暗去已經有 -- 一 - 站 - 仔 --ah，而且淑雅 ê 腹肚內 koh 有 --ah，koh-khah 害 --ê，*Anna* mā 有 --ah。囡仔 bē-sái 無老爸，伊 beh 按怎做？

　　A-him 講查埔人 lóng 是「喙唸經，手摸奶」，我想有影我 mā 無答案，別人 ê 家仔伙代阮無才調評論。不而過，我想建銘的確 bat 想過好好仔 kap 淑雅共度一生，án-ne *Anna*--leh？雙跤踏雙船，伊 mā 是 bē-sái 反背放 sak 任何一个。Siáng 知 *Anna* 哪 ê 來冤屈死，伊 bē-sái koh 錯誤 -- 落 - 去，koh 再傷害淑雅，只好家己來贖罪。

冤屈？Mài問我是按怎知，請hō我一點仔私人保留ê空間，我kan-taⁿ ē-sái kā你講 *Anna* 是我上好ê朋友。事實是按怎我感覺已經無重要，就hō悲劇結束就好，che lóng是世間ê考驗，選擇kap因果。愛情、情愛我實在無法度解破。

## 看著鬼

A-him趕夜班拄到病院停車場，車tū好niâ，目睭前一个影，穿醫生衫、舌仔吐吐、面仔白死殺，目神ná烏空beh吸人ê神魂。A-him驚kah ná é-káu，無法度chhan叫hoah-hiu，he thài ē是人？

是鬼，絕對是！規身ná hông hē咒，雙跤無法度徙動，規身軀直直chùn、起畏寒。時間無張持結霜，空氣摻lām麻藥仝款，che一切hiah-nī眞koh hiah-nī虛幻茫茫。

「葉小姐，你也有看--見--oh？」A-him到守衛仔福伯--à hia，話soah吐bē出--來，人ná tiòh猴講話大舌。福伯bē輸bat看--見ê款，看A-him驚kah m̄-chiâⁿ人想beh笑，應kah chiâⁿ自然。

「Hit-lō hit-lō……koh來--ah！死m̄知tńg，我看kah lóng無感覺--ah。伊對生了khah súi ê查某囡仔上有意見，我che老查埔伊mā無看tī眼內。Ai-iō，可憐--oh，怨氣hiah重，何mí苦--leh！」

「Hit个是急診室ê陳醫生--lah，頂頂個月吊tāu死--ê，夭

壽--oh，腹肚內 koh 一个，hiau-hēng--oh，hiah 想 bē 開！」

「陳醫生，就是開刀房 hit 个……。」

A-him 聽 kah 起大聲 háu，拜託福伯--à chhōa 伊去樓頂上班，無，ài khà 電話 hō 伊長--ê（tióⁿ--ê），問講是 m̄ 是 ē-sái 請假，beh 叫我來 kā 接。後--來，我連 sòa 載 A-him 上下班，koh 刁意故 sèh 過 hit 个停車場，一籬 siâu to 無，檢采我八字重，mā 可能伊知我是基督 ê 子民，chiah 放我煞。不而過，hit 位停車口號碼 1314，我若駛--過 lóng 有一種 chiok 奇妙 ê 感覺。我目睭無人講 ê hit 種邪目，看 thàng 陰陽間，以電子電機科學 ê 觀點，hia 定著有 chiok 強 ê 電力磁力空間。

我無 koh 再深想 chit 款背後可能 ê 理學解 soeh。自來我 tī 大學電磁學 m̄ bat 考有人格--過，是我去拜託老師，老師知我愛寫詩，叫我寫一首拄 siàu ── 詩名我 iáu ē 記--得：〈愛--著 khah 慘死〉── chiah 勉強 hō 我 60 分--ê。話 khiú sioⁿ 遠，在來我對神鬼無啥信 táu。若是有，mā 無要緊，橫直我也無做啥傷天害理 ê 代，bē 來揣我 chiah tiòh。若看--見，lán 就笑笑 *say hello* 就好。

內底女主角我後-來 chiah 知是 *Anna*，我是看新聞 koh *google* chiah 知--ê。自從結婚了後我就 m̄ bat kap 伊見過面--ah，阮 ê 戀情 chiâⁿ 短，無啥好 thang 講--ê。伊哪 ē 去 kap 有婦之夫 leh 交往--leh？Koh kā 代誌舞 kah án-ne，腹肚 koh 有身！我 soah 感覺真艱苦。我無表現--出-來 hông 發現，過去有緣鬥陣，總--

是有寡感情 tī--leh。

　　我無 kā A-him 講我 bat *Anna*，我想，che 已經是過去--ah，保留一寡私人空間是一種權利。是講，我逐 táu 載 A-him 去上班 ê 時，soah 希望伊 ē-tàng 出現 hō͘ 我看--一-下。是講，我 mā 是 hō͘ 伊 bat 傷心--過 ê 查埔人，伊應當 mā 無願意 koh 再看--我。直到有一工，我 chiah tī 夢中看見伊……只是伊無講話，kan-taⁿ tìm 頭 bē 輸 leh kap 我 sio 辭。

## 三角緣

　　Chit 件三角戀情已經 m̄ 是新聞--ah，*Anna* 是一位急診室 ê 醫生。啊若男主角是全急診室 ê 同事建銘，建銘 in 某淑雅 mā tī 全病院上班，m̄-koh 是 tī 長照病院 leh 做，kap 阮某 A-him 全單位--ê。Chia-ê 代誌 lóng 是 A-him 講 hō͘ 我聽--ê，我 kan-taⁿ 想病院箍仔 chiâⁿ 亂，醫生有錢有地位，頭腦 koh 巧 ê 形象的確 hō͘ 人欣羨，又 koh 長時間 ê 壓力，tiāⁿ 聽見男女同事之間有曖昧，che mā 是合理--ê。

　　合理？A-him 對 che 看法 chiâⁿ 無認同。我應伊社會不公不義 ê 代誌 chiah 濟，人若無法度改變，總--是 ài 揣一个出口 thang tháu，無，ē 起痟。

　　有一 kái 都合我 bat 看過淑雅，人 chiâⁿ 好，hit 種好，就親像人講 ê 好新婦 ê pān。建銘我 mā bat 看--過，無我 ê 緣，講話

kap lán bē hảh，鬥陣做伙 lán 的確有感覺一種階級 ê 差別。Hit 時我 koh m̄ 知 *Anna* leh kap 伊交，所以 bē 去 kā 怨妒。Hit-tang-chūn 淑雅約 in 同學六、七个 sio 招去旗山 khau 紅茱頭。Khêng 實，he 是淑雅刁意故 ê 安排，希望建銘 ē-tàng 好好仔陪 in 母仔囝，順 sòa hō in chia-ê 同事知影 in 翁仔某 ê 感情是 iáu 有機會--ê。

　　我看 ē 出實在是伊內心查某人 ê 軟弱 kap 無力，koh 驚同事 ē kā 笑，笑伊輸 hit 个查某人 ê 妖嬌。伊 ê 眼神有一款鬱卒哀傷 ê 美麗，hō 人有淡薄仔 m̄ 甘。Chit 款代誌若發生 tī 查埔人身--上，全款 mā bē 堪--得。查某人的確有 siō-siāng ê 心理 chiah tiỏh，m̄-tiỏh，凡勢 koh-khah 強。Koh 再講，厝內 koh 有兩个 3、4 歲 ê 囝仔，不管按怎翁定著是 ài 搶--tńg-來！挂領結婚證書 ê 我，mā leh 想 hit 張薄 hiuh-hiuh ê 紙有影真重，bē-tàng áu、bē-tàng 折，若變形就歹回頭--ah。

　　我有一 kái bat tī 病院停車場影--著，建銘 leh kap 人暗會。當然 in 完全無注意著我，我 mā 恬恬欣賞現場 ê *liveshow*，是 A-him 來 kā 我 khiú 走 chiah 看無了。若是 hit 時我知影是 kap *Anna*，我 ē 按怎反應--leh？論真講，我實在無法度想像。落尾，chiah 知是淑雅 in 翁 leh 偷食，查某--ê 挂 ùi 醫學院畢業，情花挂開，soah hō 查埔 ê 花言巧語來騙--去。頂 koân 講--ê 是我 ê 看法，啊若 A-him 就 ē 講兩个 thái-ko 人，尤其查某 hō 伊罵 kah ná 破 bâ 全款。

　　Haihⁿ，查某人對查某人 chiâⁿ 惡。

情愛 ê 看法，lán 無啥經驗好 thang 講，畢竟 lán m̄ 是聖人，凡若查埔人，活一工就 ē tī 情關頂 koân 犯罪 iā-kú-kán，不管心理 iah 是生理上，直到伊死 hit 工。我 mā leh 想身軀邊一寡同事不 sám 時 leh 臭彈 kap 外口 ê 女朋友按怎拄按怎，身材佗位膨佗位翹，tī 眠床頂 ê 工夫偌好拄偌好，聽 kah 面仔 lóng 紅紅 hōng-hōng，心狂火 tòh。Che kám 是有道德上 ê 問題？我 soah 感覺有淡薄仔見笑，褲底 hit 尾 liu 無張無持變大，我 ê 心 bē 輸開始跳車鼓。醫學上，che 是眞正常 --ê，我 án-ne 安慰家己。我 soah mā 有淡薄仔思念 Anna，是佗一款思念，我眞歹勢講。

「你講 -- 啊，chit 个查埔是 m̄ 是 chiok 下賤？偷食，koh 偷食仝病院 ê 同事 lóng m̄ 驚 hông 講？」A-him 氣 phut-phut leh 問 -- 我。

「感情 ê 代誌本底就 chiân 歹講 --ah。當然結婚 --ah，koh tī 外口烏白來是不應該。是講，人兜 ê 代誌無好批評。任何代誌 lóng 有前因後果，你 m̄-thang sion chhap 手，無，到尾舞 kah 規身軀臭 chho。」我 án-ne 應。

「Lín 查埔人 lóng 替查埔講話。」

「……」

A-him 逐工 tńg -- 來，lóng kā 我報告 in hit 陣同事 leh 討論按怎對付建銘 kap Anna hit 對狗男女。我是聽 kah chiân sian，以我 ê 經驗來看，che 定著無好處理，若是公親變事主，有影是夯枷。心內 mā 好玄偷食 ê 人 ê 心理，chit 款想法 m̄ 知是 m̄ 是一種變態，iah 是過去戀情 ê 記持浮現 tī 眼前。愛情 ê 宿題 kap 結

婚了後 ê 親 chiâⁿ 關係定著是無仝--ê，按怎無仝我 khêng 實分 bē
清。而且聽 sioⁿ 濟 a-sa-puh-luh--ê，顛倒是一種反教育，我甘願
tèⁿ 臭耳聾。

「查埔人有影下賤！看--起-來生做緣投仔緣投，想 bē 到 ē
做 chit 款代誌？」A-him 氣 phut-phut leh 唸，phàng 是 koh 聽見新
ê 發展，bē 輸逐工電視劇 leh 搬戲全款。Chit 句話有小可 chhák
著我。

「看外表？Lín 查某人 m̄ 是 lóng án-ne？我無 hit-lō phì-siòⁿ ê 意
思。M̄-koh，hông 騙--ê kám m̄ 是 lóng án-ne？緣投仔 sàng 講--兩-
三-句-仔，若 koh 有錢就隨 tòe 人走！講啥 mih 真愛，我 chiah
無 leh 信 táu。Lín lóng hō͘ hia-ê 韓劇騙--去--ah。一大堆人 ē-hiáu
講大道理，唸經摸奶--ê chiâⁿ 濟--leh。」家己話講--出-來 soah
有心虛 ê 感覺。

「Ehⁿ，淑雅講建銘以早 jiok--伊 ê 時，對伊 偌好--leh，liam-
mi 送 he liam-mi 送 che，koh hō͘ 伊一張信用卡無限金額--leh。
Chit-má--leh，一禮拜無三工 tī 厝--裡睏，lóng kap 外口 hit 个做
伙。你有 leh 聽我講話--無--lah，氣死人--neh。」

A-him 愈講愈火大，kám 講 in 查某人 lóng 想 beh hō͘ 查埔人
tńg--來？若 tńg--來 kám 有法度扯 hō͘ 離？Chit 款問題 soah 沖入我
ê 腦海，一時無法度心靜--落-來。

「O͘h，你管人 hiah 濟 beh 創啥？Àh 無你 ê 代--lah。Chit 種問
題聽 sioⁿ 濟 ē 起痟。」

「M̄ 緊替淑雅想一下仔辦法，hō͘ in 翁 mài koh kap 外口 hit 个烏白 lām-sám 來。」

「以我 ê 想法來看，m̄-thang chhap che--lah，無細膩舞 kah 家己一身軀臭，m̄ 值--lah。」

「你知影--無？淑雅 koh 有身--ah！Hit 个賤人 thài ē án-ne 做！Koh hoah beh 離婚，你知--無？伊已經 kap 外口夥計仔買厝做伙蹛--ah。」

「放兩个囡仔，腹肚 koh 一个，心肝有影雄！Án-ne，伊 ài kā 討囡仔 ê chhiân 養費--lah！Chit 點 chiân 重要，若行到 chit 个坎站，人走--去無要緊，錢 ài 留--落-來。囡仔 ê 未來有 khah 濟保障。頷頸生瘤，無 ta-ôa！」

「伊家己 ē-tàng tńg--來，當然上好。伊 kám 無責任？」

「有錢就好--ah，責任？查埔有錢、有才華，有影 ē 烏白來！Chit-má，某有身 koh beh 去外口揣查某，有影 chiân 可惡。Che bē 有好尾溜--lah。淑雅 ê 想法是啥？Che，我看，無好收煞，無定著 koh ē 出人命。無適合，提早結束 mā 是好--ê。」

「無可能--lah，淑雅 koh 有身--leh。In 老爸 koh 倒 tī 病床。伊無可能想 bē 開--lah。」

「Án-ne 代誌 hêⁿ--leh mā m̄ 是辦法，上好 ài 替家己想---一-下，khah bē 時到人財兩失！Beh háu 無目屎！」

「你是講掠猴？」

「Hohⁿ，你有影電視看 siⁿ 濟。我是講法律層次 ê 問題，

che是上無伊ē-tàng保護家己--ê。」

「阮明仔載sio約beh去赤崁樓hia ê武廟斬桃花，聽講偌靈siàⁿ--leh，就m̄信關公ê刀斬bē斷！」

「你mā好--ah，你是leh kap人行教堂--neh！緊睏--lah，等--leh，上帝就來kā你pa頭！」

阮beh睏進前lóng是leh討論建銘kap淑雅in兜ê代誌，A-him tiāⁿ-tiāⁿ講kah一半就睏kah十三天外kôⁿ-kôⁿ叫，放我一人leh khỏk-khỏk想。雄雄有替淑雅抱不平，心情soah艱苦--起-來。雖bóng我贊成男女平等，總--是，我了解男女交往iah是現今社會生態，女性éng-éng是弱勢，che是chiâⁿ oh改--ê，尤其生囡仔chit項代。我kā A-him講淑雅chín腹肚內ê囡仔應該ài提掉，無--者，凡勢ē過了koh-khah痛苦。A-him認為我chiâⁿ殘忍，總--是，mā感覺án-ne對淑雅khah好。

其實建銘有要求淑雅ài kā囡仔提掉，淑雅soah堅持beh生--落-來，che是我後--來chiah知--ê。建銘有影心chiâⁿ雄。淑雅是用啥mih心態想beh kā囡仔生--落-來--leh？一个母親對性命ê m̄甘kap囡仔ê疼惜？Iah是m̄願意hō建銘án-ne爽幾十秒，就越頭做伊去揣夥計仔？愛原來是ē變質--ê，mih件m̄是囥tī冰箱就bē歹，有期限--lah。若是beh用囡仔kā建銘縛做伙，實在無啥路用，兩个大漢--ê to無leh chhap--ah！囡仔m̄是in愛情ê防腐劑，beh哪ē-sái án-ne做--得？

# 愛--著 khah 慘死

明視台語新聞報導：

今仔日半暝 3 點半，尚美醫學中心有一位姓陳 ê 查某醫生 hông 發現死 tī 浴間仔，警方目前無排除自殺 kap 他殺 ê 可能。死者衫仔褲 lóng 褪了了，死前有可能 hông 蹧躂--過，兩條手機仔充電線 kat 做伙纏 tī 領頸，無人聽見 hoah 救聲、無任何 sio 拍 ê 影跡。面腔看 bē 出有啥痛苦，鼻空 kap 目睭有流寡血水。水道頭 ê 水無禁，水流 kah 排 bē 離，tū kah 規浴間仔是一 phiàn 血水池。警方到現場 ê 時，一時 m̄ 知影 beh 按怎來處理。Hit 個查某醫生死進前，有 khà 電話 hō͘ 伊兩位同事，警方開始 ùi chit 條線索來調查，ē 安排 in 來說明了解，排除社會 ê 不安。

「笑死人，社會不安！社會不安 lóng 是 lín chia-ê 報新聞--ê--lah。Hohⁿ，講 kah bē 輸 tī 現場--leh，小尊重家屬--ê--lah。盡報 lóng 報 che，刣人、放火、自殺--ê。愈看愈風火 tỏh。」

M̄-tiỏh--neh，he m̄ 就是 A-him in 病院？

A-him hit 暝就 kā 我講--ah。是 hit 個第三者死--ah，hiah 拄好！講腹肚 koh 有身，真 hiau-hēng！

Thài ē hiah 想 bē 開！囡仔是無辜--ê。伊講前幾日 kap 淑雅值夜班，伊規個人無神無神，koh khà 電話大細聲 jiáng，親像

beh 揣 hit 个夥計仔 péng。現 chūn 出代誌，希望 ē-tàng 平安收煞，m̄-thang 做 gōng 代誌。

「出人命 --neh！叫你 m̄-thang chhap hiah 濟，時到 hông 叫去問代誌 ke 衰 siâu。」

「拜託 --leh，he 是自殺 --neh。上好家己有覺悟，雖 bóng 是悲局，總算是對 chit 段三角戀情有一个交代。Iáu-m̄-koh，代價 sioⁿ koân--lah。照我講，beh 死，查埔上應該死。」我講了，心 mā 是 chiâⁿ 虛，總 -- 是我的確是 án-ne 想。

「無錯！規欉好好。」A-him 隨應。

Hit 暝 A-him mā 是睏 kah kôⁿ-kôⁿ 叫，我睏無好，隨起來拍開電腦 beh 寫寡 mih 件，soah 無張持去 *Google* gu-- 一 - 下。無 gu-- 無 - 打 - 緊，soah 發現原來 hit 个姓陳 --ê，是 *Anna*。

心情 ná sap-sap 仔雨，我行入一个夢，我 kap *Anna* tī 九份仔手牽手 tī 山城彎彎 oat-oat，重重疊疊，感受兩人手中 ê 燒 lō，伊淺淺 ê 笑容，有講 bē 完 ê 情話。雄雄，亂鐘仔起狂叫，天光 --ah。*Anna* 哪 ē hiah gōng--leh，去交 he 有某有囝 ê 人。「愛 -- 著 khah 慘死」，伊 bat 對我講 -- 過，我 koh 寫一首詩 hō--伊。

伊眞正敢爲愛來死！我 soah 替伊感覺勇敢，顛倒感覺少年時對愛情是 án-ne 無成熟看待。到 taⁿ，我 iáu-koh sa 無 cháng。Án-ne 死 -- 去，kám 有影對家己有交代，厝內爸母 --leh？

伊是 hiah 巧 ê 查某囡仔，無可能自殺，絕對無可能。我 m̄ 相信！自 hit 工，過去 *Anna* ê 形影 koh 出現 tī 我 ê 頭殼內，kap 我

ê 影跡仝款，按怎趕 to 趕 bē 走。

　　電話通聯記錄調查結果，尾兩通電話 lóng 是 khà hō 建銘 kap 淑雅。伊 kap 淑雅通幾若通，koh 講 chiân 久。Chit 段三角戀情已經是新聞照一工 24 點鐘無歇 leh 放送。警察 mā 開始 ùi 他殺 ê 路線去調查，新聞媒體比警察 khah 骨力，警察 koh ài 請 in 提供新 ê 線索。A-him 講淑雅歇假--去--ah，可能是有壓力，koh 兩個月 beh 生--ah。

　　自從 hit 工了後，病院暗時濟濟人 sio 連 sòa 看見親像 *Anna* ê 形影行過來行過去，病院方面有請司公來招魂，聽講 lóng 招無，司公講冤氣 chiân 重；tńg--去了後 m̄ 知影按怎三工 bē 食 bē 睏、人 siān-siān，雙目 ná 食毒 ê 人 kiōng-beh khiau--去。

　　不管日--時 iah 是暝--時，護士醫師 lóng m̄ 敢一个人巡房，病房內有 ê 患者看著醫生來，就叫：「陳醫生你來--ah--ooh，chiân 久無看，愈來愈 súi--neh！」查埔醫生驚 kah lóng 講 bē 出話，喙齒 ki-ki-chùn。有 ê 患者看 kah 活 beh 驚--死，半暝直直 hoah：「Mài koh 來--ah，我 chiah 燒 hō--你，我 beh 來 tńg--ah，無愛蹛 chia--lah。」

　　Hit 間浴間仔，半暝三點外水道頭無人開 soah 家己 leh làu 水，規間浴間仔 lóng 是血，piàn 掃 ê 阿婆驚 kah 心臟病發作，佳哉有救--tńg- 來。落尾手，病院院長 chiah 願意 kā hit 間浴間仔封鎖。兩條黃 hóan 黃 hóan ê 帶仔拍一个大大大 ê 叉仔，頂 koân 寫「施工中，m̄-thang 倚近」。

「有淑雅 ê 消息 --無？」我問 A-him。

「可能 beh 生 --ah。In 翁 mā lóng 有 tńg 去睏 --ah。親像關係有 khah 好 --ah。」

「Chit 款查埔有影……chiâⁿ 害。*Anna* ê 死伊應該 ài 負責任，伊 bē 好尾 --lah。」

「……你哪 ē 知影 *Anna* ê 名？」A-him soah 一時變精光 --起 - 來。

「無 --lah，你是無 leh 看新聞、*Facebook*--o͘。」

建銘 mā 是有 leh 去病院上班，刀照開。總 -- 是，身軀邊 ê 人除了公事以外，lóng 無願意 beh chhap-- 伊。Éng 過開刀伊 lóng 放 hit 款輕音樂，最近 soah lóng 放 chit 首歌〈今生愛過的人〉，護士講 án-ne 可能無適當，建銘應講 chit 首是 *Anna* 上愛聽 --ê。護士 soah 舌仔吐吐，起 ka-lún-sún，m̄ 敢 koh 應話。

建銘開刀開 beh 了，護士 beh 收尾 ê 時，伊 lóng ē 唱 hit 句，雙手親像抱一个人 leh 跳 làng-sù。

「啊……啊……m̄-thang 辜負阮 ê 人，啊……啊……你是我今生永遠 ê 希望……」

聲音不止仔哀悲，koh 親像內底有查某人 ê 聲音。逐个護士走去 kā 護理長投，講以後 lóng bē giàn tòe 建銘 ê 刀，甘願去加護病院顧 he 重症患者 mā khah 贏。

有人 bat 看過建銘皮包內 koh 有 té *Anna* ê 相片，kâm 目屎 gōng-gōng 仔笑 chhǹg-chhǹg-háu，有人懷疑建銘是 m̄ 是起痟--

ah。*Anna* 是 m̄ 是有來揣--伊，揣伊報仇？我 m̄ 是講伊是兇手，論眞伊 ài 負上大 ê 責任。Beh 講嫌疑，淑雅 mā 有可能？總--是，淑雅是 hiah 溫純 ê 人 koh 有八個月 ê 身！不而過，兇手一定 ài 掠--出-來！

「Chit 款三角戀情，每一个人 lóng 是失敗者。」我 kā A-him 講。

「Hngh，查埔--ê 上爽--lah。爽了就走，lóng 留查某來拭 kha-chhng。」

「講 án-ne，一屍兩命--neh。Khah 絕情 ê 人 mā ē 艱苦。」

A-him 無相信我 ê 話。我想是 m̄ 是伊過去 mā 受著別个查埔 ê 欺騙，chiah 對查埔 hiah-nī chheh 心。

聽講驗屍報告出--來--ah。病院內 ê 醫生護士 chhi-bú-chhih-chhū 踮辦公桌頭前、踮便所、踮壁角 lóng leh 傳 *Anna* 是 hông 人 hē 毒 chiah hông 催--死。

「Án-niâ-ôe，莫怪--oh，半暝現身是 beh 揣兇手--lah。M̄ 去揣兇手踮 chia hán--人，lán àh 無得失--伊--ah。」

「你 mài 烏白講--lah，chiok 恐怖--neh。」

眾人你一句伊一句，A-him tńg--來隨 kā 我報告。

「看--起-來，兇手是建銘--ā，有影是知人知面 m̄ 知心。伊若無愛--伊一開始就無應該 án-ne，koh 刣人！」

「你是檢察官--nih！愛若 hiah-nī 簡單講 ē 清，就無世界大戰--lah。一切 lóng 是自私--lah，siáng lóng 全款。Tiòh m̄-tiòh m̄ 是外人 thang 講 tiāⁿ--ê。人若伊刣--ê 伊 mā 走 bē 過。走 ē 過，心內

一世人 lóng 有 hit 个烏影纏 tòe tiâu-tiâu，活--leh ná 死人全款。」
我應 kah 性地有寡夯--起-來。A-him 有驚一 tiô。

「世界大戰，你 kám ē 牽 sioⁿ 遠--ah！」A-him 已經慣勢我講
話 ê 方式，任何代誌 lóng 想東想西。

頭殼內直直想 chit 件代，有影乇頭 koh 影響生活 kap 作穡。
Koh 再 án-ne 實在 bē 用--得。*Anna* kám 是建銘害--死--ê？若是
án-ne，*Anna* 絕對 bē 放伊煞。

我有偷偷仔去 kā *Anna* liam 香。Hit 日 kap 九份仔 hit 日全款
落綿綿仔雨，攑一枝雨傘 ná peh 崎 ná 想起阮兩人第一擺出遊 ê
形影。看見 *Anna* 靈堂 ê 相片，我鼻頭一下酸，目箍一下燒，
嚨喉親像一枝魚刺 kéⁿ--leh，講 bē 出話。我 ê 手 soah 有感覺一个
燒氣 thàng--過-來，直直 thàng 過身軀，規个 kha-chiah lóng 燒--
起-來，抵擋今仔日生冷 ê 九降風。我知影 *Anna* tī chia，伊是
來拍招呼--ê。我心頭暗唸過去 hit 段情眞對不住--伊，mā 唸伊
爲何 hiah gōng、kā 家己舞 kah án-ne。伊 lóng 恬恬。我 ê 心情 káⁿ-
ná hit kái 約伊出--來，去看飛行機起飛 kap 降落全款，起起落
落，koh 親像 leh 笑--我，其實是伊先放 sak--我--ê。

笑 bûn-bûn ê 遺相，伊 ê 紅 tiù-tiù ê 喙脣 leh tín 動，我耳仔
khiú 長長 soah 聽無伊講啥，一 chūn 風掃--落-來，將每一字 kap
塗跤 ê eng-ia lām-lām 做伙。心內向上帝祈禱，ē-thang hō 伊倚靠
上帝 ê 疼 thàng。

## 名叫 *Anna* ê 囡仔

天氣講變就變，扲落雨了，地氣直直 chhèng--起-來，遠遠ê天頂有 chiâⁿ 厚ê烏雲 ùi chia 飛--來，我知影應該 ài 來 tńg--ah。空氣 àu-hip-àu-hip，hō͘人心情 chiâⁿ 無爽快。我 tī 太平間外口，點一枝薰，有一隻燕仔 tī 天頂飛 sèh，我想 he 可能是 *Anna* ê化身？是 m̄ 是揣無厝 thang tńg？我吐一个大 khùi，伊 soah 飛無--去。Kā 沉重ê雙跤徙去太平間，表明 beh 看 *Anna* 一面，管理員講家屬 iáu tī 內底，我看簽名簿仔頂有建銘ê名，心內 soah 有寡躊躇，到底 beh 入--去 iah 無。

我沓沓仔倚近，冰櫃房內無我想像--ê有 hit 款 àu 味，冷風直直 ài 我維持理智。總--是，tī chit 个空間任何 mih 件 lóng bē 輸是死--去--ê，若講話 iah 是出聲，hia ê死人就 ē hō͘ 你叫--起-來。

「歹勢，是我 m̄-tiȯh，一切 lóng 是我造成--ê。害你無故來死，koh 害死 lán ê囡仔。」He 是建銘ê聲，我 ē 認--得。兇手有影是伊？真正有人 hiah 雄？M̄ 是伊是 siáng？

「我無法度原諒家己，請你原諒淑雅，伊 m̄ 是故意--ê，一切罪人 lóng 是我，是我對不起--lín。我 ē hō͘ lín 一个交代。」

冰櫃房霜冷ê空氣 hō͘ 我忍 tiâu 腹內火，我 ná 探偵全款想像代誌發生ê前因後果，kap *Anna* 按怎 hông hē 毒，按怎 hông 殺害ê過程。我頭殼內出現一幕 koh 一幕烏茫茫ê情境……。

「歹勢，我 ài 做一个結束！你 kap 淑雅之間我 kan-taⁿ ē-sái 選

擇一个。」

　　伊 tī *Anna* ê 耳空邊 án-ne 講。伊事先早就 kā 毒物 chhoân 好勢，準備 beh hō *Anna* 好好仔走。Tī beh 死進前 koh 再享受蹧躂--伊、sńg 弄--伊。建銘用伊敏感 ê chéng 頭仔來記憶 *Anna* 肉體任何一个所在，koh 用伊講白賊話 lóng bē 拍 kat ê 舌 lā *Anna* ê 耳後壁、耳墘，等 *Anna* 擋 bē tiâu ê 時，鑽入去伊 ê 心肝，了後隨用手機仔充電線 kā 催--死。Chit 種死法，phàng 是性變態 ê 人追求 ê 死法，tī 性 ê 高潮脫離人間，定著是快活--ê，*Anna* ùi 天堂摔--落-來，甚至 iáu 未感受著痛苦。伊 kā *Anna* 當做牲禮，beh 成就伊查埔人 ê 虛華。

　　伊 ê 目屎是假--ê，伊知影有人 leh 監視--伊，伊是 leh 演戲--ê。伊甚至 koh kā 講後世人 beh 娶--伊、hō 伊一个正式 ê 名份。

　　「我 beh ài 你做一个結束！我 kap *Anna* 之間，你 kan-taⁿ ē-sái 選擇一个。」淑雅起性地，完全 m̄ 管腹肚內 ê 囡仔，大聲對電話另外一爿 ê 建銘 jiáng。

　　「我實在無法度 kā *Anna* 放 sak，伊已經有身--ah。」建銘 án-ne 應。

　　「我--leh，lán ê 囡仔--leh？你 beh 放 sak--阮？」

　　「Che 感情 ê 代誌……」

　　「你 m̄-thang 逼--我……」

　　「淑雅，你 m̄-thang 做 gōng 代誌，我 ē 補償--你……」

是堅強 ê 淑雅 hē ê 手！無人 ê 想著是一个大身命 ê 查某人 hē--ê。

我雄雄感覺想 beh 吐，*Anna* 面仔笑笑 tī 我 ê 面頭前，紲--來淑雅 ùi 我 ê 身軀邊行--過，bē 輸我是柴頭尪仔全款。*Anna* 倒手勻勻仔攑起來直直 kí-- 我，用 siaⁿ-- 人 ê 目神 kā 我講再會。淑雅大力 chàm *Anna* ê 腹肚，*Anna* 下體血直直流，總--是，伊 lóng 無出聲，用絕望 ê 眼神看--我，leh hoah 救人。我雙跤無法度徒，mā hoah bē 出聲。淑雅大聲 kā lé，罵伊 bē 見笑，破壞人家庭，大力 sàm 兩个喙 phóe。淑雅用雙手 tēⁿ *Anna* ê 頷頸，ná 起痟 ê 狗咬--人咬 tiâu m̄ 願放。*Anna* 自頭到尾 lóng 無出聲，一點聲 to 無，kan-taⁿ 恬恬對我看，我啥 to 無做，mā 無才調做。

M̄ 知 tang 時，hit 隻燕仔飛-- 入 - 來，是 tòe 我跤尾飛-- 入 - 來？是 tú-chiah hit 隻？

建銘已經離開--ah，凡勢伊智覺有人來，chiah 心虛趕緊離開！伊是兇手！

*Anna* 是 hiah 重感情 ê 人，談戀愛 lóng 是付出真心--ê，伊竟然 kā 伊刣--死。

我 beh 按怎做？*Anna*，我 beh 按怎做？

我揣著冰櫃號碼「1314」，suh 一口生冷 ê 空氣 kā 平台拖--出 - 來，gāng-gāng 看一時仔久 chiah 用 làk-làk-chhoah ê 雙手 thoah 開屍袋，我目屎隨流。看見伊甜 but-but ê 笑容，猶原 kap 十多前全款，kám 講伊 lóng 無怨嘆？

我想beh kā 伊叫精神，m̄-thang睏--ah。

「一个人若無愛--你，koh按怎強求mā無路用，查某人m̄-thang提燒面去ù人ê冰kha-chhng！」伊捌án-ne kā我講in男朋友踏雙船ê代誌。

「我m̄是無人愛--ah，你講tiȯh--無？」伊笑笑leh講，bē輸lóng bē傷心。

「我mā無應該hō伊操煩，伊ná囡仔--leh，就án-ne我家己ē想辦法處理。」

學生時代ê Anna是hiah-nī有才情、有想法ê人。總--是，伊lóng家己恬恬承受一切，mā m̄願意hō人看見伊流目屎。Kám講是伊自願結束--ê，無可能！我m̄願相信che是事實，絕對無可能！

目屎滴落去Anna白死白死ê喙唇，soah漸漸反紅有血色，我iáu ē記得伊喙唇ê酥軟。Hit隻燕仔停tī Anna ê胸前掠我直直siòng。我伸手beh摸--伊，伊soah變無--去，化做一蕊白霧雲。Hit日tńg--去，我lóng無聲無soeh，一人恬chhih-chhih。A-him問我啥事，我iáu是無講--出-來。總--是，A-him知影我一定有心事。我是無可能hō伊知影我kap Anna有一段過去。

M̄是，是好朋友。Kám講我iáu對Anna有寡思念！

Hit暝，A-him kā我講淑雅生--ah，查某--ê。規个生產過程，建銘lóng陪伴tī伊身軀邊。囡仔mā chiaⁿ健康。看--起-來，in已經和好--ah。我實在m̄願意koh聽著in ê代誌。害死人，kám

有資格享受幸福。*Anna*死--去--ah，che就是故事ê結局。愛情ê罪孽放hō伊來擔，kám有公平？我無法度理性看待chit件代誌，情愛mā m̄是有理路thang講明--ê。

> 黨視台語新聞報導：
> 前一站ê尚美病院命案警方宣佈破案，兇手是陳--姓醫生ê同事連建銘。今仔日hông發現tī手術房內自殺死亡，警方判斷伊是驚惶hông發現伊kap陳--姓小姐有曖昧，koh hō in某來發現，beh揣伊談判，soah講bē好勢，一時掠狂將伊刣--死。

過無幾工，建銘就自殺--ah。我是看新聞chiah知--ê，我心內並無任何giâu疑kap驚惶。

*Anna* ê死，伊生本tiòh-ài有一个交代。新聞報--ê，lóng是風聲謗影，家己烏白鬥。是講伊koh放sak in某--ah，短時間kap淑雅ê甜蜜復合，phàng是beh贖罪。放某放囝是伊專門科--ê。Chit種假君子定著是ài hông呸痰呸瀾。

我leh想，*Anna* kap淑雅kám ē原諒--伊？Che kap我無tī無代。愛，原來是hiah自私ê mih。我是m̄是自私ê人--leh？我bē輸mā看見家己內心深底ê lah-sap。

1--月山頂已經落雪，天氣chiaⁿ好，我peh起去樓頂ǹg東片看--過-去，ē-sái看見玉山ê山頭白siak-siak。我親像感受日

頭 ê 赤 iaⁿ，孤一人享受山脈 ê 氣派，人世間 ê òe-sòe 暫時得著 tháu 放。Hiah 大 ê 空間，若 koh ke 出現另外一人，絕對拍歹我 ê 心情。若愛情 ê 空間 --leh？Che kám 是自私？Taⁿ，我 koh 想起 *Anna*，心內緊暗唸 bē-sái koh 陷 tī in ê 三角戀情 --ah。正確來講，bē-sái koh 再想我 kap *Anna* ê 過去 --ah。

有一 kái A-him koh 約淑雅去旗山 khau 紅茱頭，叫我做司機，我眞 ṁ 情願。講是建銘死 --ah，爲著 beh hō 伊心情 khah 快活。一个人 ài 顧三个囝，一个 koh 拄出世 chiaⁿ 辛苦。我對 A-him ê 雞婆性眞無法伊，mā ṁ 知影按怎拒絕。失去翁婿，伊定著是 chiaⁿ 艱苦 --ê。

Hit 日，A-him kap 我 chiah 知淑雅 kā 紅嬰仔號做「*Anna*」。A-him kap 我一時 sa 無 cháng，我 bat 想過是 ṁ 是淑雅起痟 --ah。總 --是，伊看 -- 起 - 來並無 koh-iōⁿ，對 *Anna* 不止仔用心照顧。無的確 che 是一種贖罪心理，iah 是伊有牽涉 *Anna* ê 死？Koh iah 是平平查某人對查某人 ê 疼惜？我實在 ṁ 願意 koh 想 -- 落 - 去。Koh 想 -- 落 - 去，我 ē koh 想起 *Anna* 甜 but-but ê 笑、無聲無 soeh ê 笑。

「我無怪建銘，婚姻是兩个人 ê 代誌。一个若出代誌，另外 hit 个 mā ài 檢討。建銘 ê 死，我做某 ê 人定著 ài 檢討。而且我 koh 有三个囝仔 ài 顧。是 --lah，伊 chiaⁿ 雄，我想講 *Anna* khiau-- 去，我 koh kā 囝仔生 -- 落 - 來，伊 ē tńg 來阮身軀邊。想 bē 到，落尾手，伊 soah 自責 *Anna* ê 死，選擇自殺。」

　　阮兩个人斟酌聽伊 leh 講，黃昏時 ê 日頭 kā 淑雅 ê 影 khiú kah 長長長，hō 人感覺 chiâⁿ 孤單，未來 ê 路 iáu chiâⁿ 遠，伊 lóng ài 家己行。我偷偷用目尾 kā lió，淑雅堅定 ê 眼神，我相信伊有法度度過 chit-chūn ê 難關。

　　A-him m̄ 敢問淑雅是按怎 beh kā 紅嬰仔號做「*Anna*」，是伊家己講--ê。

　　「平平查某人 lóng 想 beh 求愛情，查某人 lóng 對查某人眞 bái，伊 ē-sái 體會 *Anna* 保守愛情 ê 心情。」

　　淑雅 bat 揣 *Anna* 談--過，請伊手 se 擧 hō koân，hō 伊規家伙仔團圓。Hit 當時伊 chiah 知 *Anna* mā 有身--ah，規个人 soah m̄ 知影如何是好。

　　「佮一个查某人 ē 讓？」淑雅 oân-nā 笑笑 leh 講，oân-nā 幌頭。

　　我 soah 起 ka-lún-sún，頭殼起烏暗眩，是聽著 *Anna* ê háu 聲我 chiah 回神，原來 A-him 搶 beh 抱伊食奶。


## 愛 ê 誓言

　　「你 bat *Anna*--hōⁿ？」Hit 日 tńg--來，A-him án-ne 問--我。我一時 m̄ 知 beh 按怎應。

　　「Chiâⁿ 久 ê 朋友--ah，mài 想 sioⁿ 濟。」Chit 時老實回答 khah bē 惹是非，心內想 to 無想隨 kā 應。A-him 無 koh 再問，che 是伊有智慧 ê 一面。過去就已經過--去--ah，記持 ē-tàng 留偌久？

　　台灣人chiâⁿ少開喙leh講「*ài là-hù iú*」，電視、電影不sám時leh講啥mih山盟海誓kám是眞--ê？內心是眞phì-siòⁿ hia-ê話。愛ê誓言kám iáu有人相信？愛有時親像一枝刀，ùi心愛--ê ê心肝窟仔tùh--落-去。

# 天星溪河

　　Hit 日落雨，因為醫學國考，手機仔關規工，koh 開手機仔 ê 時，心肝親像雨針 chhak-- 著，無法度閃 bih，流血流滴。

　　楊醫師 tùi 台北趕 tńg 來到台南 ê 病院，心跳機仔已經 pih-pih 叫，護士 tng-leh 清理建秋 ê 身軀，kā 伊身軀頂 ê 管仔、thè-pù、血跡清 hō 好勢，che 是 chiân 做一个人最後 ê 尊嚴。楊醫師目箍紅，話 lóng 講 bē 出 -- 來，鼻頭一 chūn 酸 chhèng 入頭殼……回想過去。一句「生日快樂」tī 喙角 khah-tiâu--leh，吐 bē 出 -- 來。

　　阿媽目箍紅紅，m̄-koh 目屎無流 -- 落 - 來，送家己 ê 孫走，chit 種苦 thàng，是 beh 按怎來形容？

　　「啊，好 --lah，比我先走 mā 好 --lah。我若先行，是 beh 按怎行 ê 開跤？阿媽替你買 ê 雞卵糕 m̄ 先食食 --leh，beh 走 chiah 走……」講了，chiah háu 出聲。

　　兩、三个護士目箍 mā 紅，恬恬仔清理，kā 心跳機仔關 -- 起 - 來。雖 bóng 死亡離別 ê 場面早 to 慣勢慣勢，總 -- 是，人做伙久 --ah mā 有感情。你講是 --m̄？

敏雄 tī 門跤口 m̄ 敢踏入門，是 beh 哪行 ē 入 -- 去？Kap 建秋 ê 約束 iáu 未做 kah 到，伊哪 ē 先偷走……。

「醫學 m̄ 是萬能，醫師 m̄ 是神。」清水師 hit 句話，tī 耳空拍箍 sèh。

「上帝你到底 beh 我按怎？」心內 leh 質問上帝，上帝無反應，敏雄感覺伊 hō͘ 上帝放 sak，第一 kái 有失去 ê 滋味。

伊 m̄ 敢看建秋最後一面，m̄ 願看見建秋是怎樣 ê 表情，寧可留落伊堅強 ê 一面 hō͘ 建秋，伊 ê 軟 chiáⁿ kap 狼狽千萬 bē-sái hō͘ 建秋知影。無，建秋 ē 行 bē 開跤。伊是建秋 ê 醫生、好朋友，bē 輸是前世人因緣牽連，chit 世人來纏 tòe。總 -- 是，人生啥人有答案？人生長長短短，落尾仔，準講是四箍 liàn-tńg lóng 是親 chiâⁿ 五十來送，到最後 mā 是家己孤孤單單行，mài 講錢銀財寶，hām 一 sián 五厘 to 無 thang 紮 --tńg- 去，是 beh 要求啥？做一个人，在世良心 niâ，留 hō͘ 後代 ê 人 siàu 念 --lah。Kám m̄ 是？

楊敏雄自醫學院畢業到做醫生 ê 過程受 chiâⁿ 濟苦楚。不而過，做醫生是伊一生上愛 beh 做 ê 代誌，mā 認為是伊 ê 使命。伊知影性命 ê 奇蹟是一種上天 ê 恩賜，可能 mā 是一種考驗。

讀國小 hit-chūn，一工 leh 上體育課 ê 時雄雄昏 -- 倒，後 -- 來經過兩三擺 ê 確認 chiah 發現是白血病，就是人講 ê 血癌。囡仔人 m̄ 知影啥 mih 是生 iah 是死，注射、食藥、揣醫生，chiâⁿ 做囡仔時 ê 惡夢，失去 ê 青春。Tiāⁿ-tiāⁿ 問爸母伊 kap 別人有啥無全，無法度去讀冊，kiau 同學出去 chhit-thô，身軀 ê 病疼 tang

時 chiah ē-tàng 完全消失……chia-ê 問題。爸母 lóng 講上帝 leh kā 伊考驗，上帝有專工安排。是講，上帝 mā chiân 愛創治敏雄一家伙仔。敏雄已經治療兩、三擺，逐擺有 khah 好，過無半冬、一冬就 koh 發病。所擺，心情一直 tī 歡喜 kap 失落之間來來去去，規家伙仔隨時 lóng ài 來病院行踏。佳哉，敏雄 mā 慣勢 tī 病院「走跳」，有伊一套方法應付病疼，主要是對上帝 ê 信任。Chit 種信仰是 chéng in 老爸，相信上帝絕對有伊 ê 安排。凡勢是一場 kiáu 局，若是，伊絕對 bē-sái hō 上帝看衰 siâu，bē-sái 簡單認輸。好強 ê 個性有時 mā 有軟弱 ê 時，尤其敏雄 kan-taⁿ 是一个囡仔 phí niā-niā。伊 mā ē 怨嘆上帝。

　　伊感覺上帝是一个好人，只是 ē 滾 sńg 笑。上帝到底有啥 mih 任務 hō--伊，伊 mā m̄ 知。總--是，伊 bē-sái 先來掛白旗仔，宣佈投降，che m̄ 是查埔囝 ê 做 ê 代誌。所致，心內掠 tiāⁿ beh 做一個醫生，用伊一世人 ê 性命來對抗，m̄ kan-taⁿ 為家己，mā 為爸母。

　　敏雄決定 beh 做一位醫生，想 beh 了解白血病是啥 mih ê 症頭，想 beh 幫助有仝款病 ê 人，因為伊了解 chit 種病 ê 艱苦，期待一工有仝骨髓（kut-chhóe）ê 人，ē-tàng sio-háh、無排斥，koh ài 長期觀察 kap 治療。等待 ê 心情是一種酷刑。Ǹg 望過去 ê 經驗，ē-sái hō 濟濟病友得著幫贊。Che 可能是上帝 beh hō--伊 ê 任務。換一个角度看，伊 mā 繼續 kap 上帝 sio 輸，爭一口 khùi。敏雄猶原好強。面對仝款病症 ê 人時，雖 bóng 伊是 leh 幫助--

人，iáu-m̄-koh，伊感覺內心有愈來愈勇壯ê力量來面對伊家己ê thàng疼。伊愈來愈確定chit條路是上帝ê引chhōa，上帝是有目的--ê。

　　話講建秋，是伊做見習醫生ê時，頭一个chih接ê病人。一直到敏雄通過醫生國考，in兩人無啥成是患者kap醫生ê關係，顛倒是朋友，也成是爸仔囝ê關係。敏雄tiān-tiān kā建秋開破，因為in有sio全ê生活經驗。講是講--lah，敏雄在來mā giâu疑伊kám有法度替建秋化解上帝hō--伊ê考驗。翻頭來看，tī伊家己細漢ê時，mā是用不止仔久ê時間chiah行--出-來，koh，在來每一个人ê抗壓性無全，上帝mā hō逐个人無全ê考驗。而且建秋對上帝mā無完全kā伊信táu，敏雄哪ē對一个囝仔人有法--伊！

　　想著有一日經過305A病房ê時，聽見有人leh唱歌，聲音柴柴，一時好玄，bē記得家己ê身份。目睭眼--一-下-仔，病床頂hit个囝仔，無啥血色，看--起-來chiân虛。伊猶原tàm頭hō敏雄一个笑容。

　　「祝你生日快樂、祝你生日快樂……*happy birthday to you*……」阿媽tī床墘leh替建秋慶祝生日。Hit年建秋滿9歲，爸母早to離緣--ah，聽in阿媽講khah早是leh起厝做大頭家，尾--à，錢pháng bē過，kā地下錢莊借錢koh開sioⁿ濟菝仔票，無走路bē用--得。老爸老母kám知影伊án-ne？敏雄無想beh知影，驚心肝頭ē艱苦，在來是重感情ê人，而且總醫師交代--

落 - 來 ê 穡頭 iáu 未做完，頭年茉鳥仔皮 tiòh-ài peⁿ hō ân。總 -- 是，時間有限。看著床尾 ê 資料，心頭 chhiàk 一下，bē 輸看見細漢時 ê 家己。

敏雄生性 khah 家婆，想講等 --leh 若 khah làng 縫 ê 時，順 sòa 去調建秋 ê 資料來看，chiah-koh 來 kā 總醫師清水師請教。

清水師是一位 65 歲 ê siⁿ-pái，受日本醫學教育。「醫學 m̄ 是萬能，醫師 m̄ 是神」chit 句話，tī 第一工見習 ê 時就叫 in chia-ê 學生了解。生老病死是定律，重要 --ê 是過程。醫生 ê khang-khòe 是 hō 病人減輕痛苦，兼 hō 伊 chiâⁿ 做一个人應當有 ê 尊嚴。Che 應該是伊做醫生所 beh 揣 ê 價值 kap 意義。

Hit 日半暝，護士阿珍走來醫生當值室，講建秋今仔日 leh sái 性地，無愛 hō 伊注射，hām 暗頓 ê 藥仔 lóng phiaⁿ 落去屎 hàk 仔，阿媽 mā 無伊法，按怎 ko-chiâⁿ to m̄ 聽，chit-má 半暝 soah 吵 beh 出去 chhit-thô。

「Hoh，你來 --lah，伊 khah 聽你 ê 話。」

「我實在無法 -- 得，我 iáu chiok 濟患者 beh 巡，tàu-saⁿ-kāng-- leh。」

敏雄到 ê 時，kā 建秋安搭，敏雄答應等 --leh beh chhōa 伊去外口 ê 公園仔行行 --leh。若 koh án-ne 吵 -- 落 - 去，影響著別个患者就 m̄ 好 --ah。Khêng 實，半暝仔 thài ē 有啥 mih 好 chhit-thô，敏雄了解伊 ê 心情，阿媽跤頭無爽快，無法度 chhōa 伊 sì-kè 行，伊雖 bóng m̄ 甘阿媽，lóng 將家己囡仔性 am-khàm--leh，不而過，

心內想就算按怎 keng，keng 久也是 ē 來爆發。

「外口空氣 khah 好，出去 tháu 一下仔 khùi mā bē-bái，凡勢 ē 看見天頂溪河。」

建秋 chiâⁿ 歡喜 ē-sái 行出 chit 間病院。虛弱 ê 身軀無法度承載意志，隨時 beh 倒 beh 倒 ê 款。最近 ê 狀況無講偌好，做醫生 ê 敏雄當然了解。建秋 --leh，伊 ê 心情是啥？換做是我 --leh？做囡仔 ê 時，我是 m̄ 是有全款 ê 不安？

我是 m̄ 是 ài 對伊講出實情？伊又 koh 是一个囡仔 niâ。雖bóng 讀醫學了後，對家己 ê 病有比一般人 khah 了解，mā 知影家己 ê 性命是 bē 輸 hō͘ 風吹 beh hoa-- 去 ê 蠟燭，早就將死放外外。不而過，面頭前是一个囡仔，伊 ê 朋友建秋。上帝 kám bē 對伊 sioⁿ 過無公平？

「人死了後，是 m̄ 是 ē 變天頂一粒星？」

敏雄 m̄ 知伊是佗位聽 -- 來 --ê，mā 驚一 tiô，伊一个囡仔人講出 chit 款話。想起細漢 ê 時，m̄ 知影家己 ê 性命隨時 ē 來消失 -- 去，是後 -- 來 bat 代誌了後 chiah 知影。

「Che 是阮媽媽 kā 我講 --ê，m̄-koh 伊 lóng 無來 kā 我看 --ah。」對 in 爸母 m̄ 是怨嘆，是失望 kap siàu 念。人講久長病無孝子，倒 péng 來看，mā 是。Che beh 怪 siáng？上帝？敏雄實在無一个答案。敏雄心內感謝 in 爸母，自細漢行到 taⁿ 一路陪伴無離。

「我想上帝，你 mā ē-sái 講天公伯，有伊 ê 安排。尾 --à，人總 -- 是 ē 行到 "死" chit 條路，你 ài 想 --ê 是按怎活，無掛礙來離

開。」敏雄講 che 大道理，soah 一時 bē 記得建秋是一个 iáu 無到13、4歲 ê 囡仔。Hām 字 to bat 無幾字，講 che kám 聽有？看建秋 ê 目神，伊應該知影敏雄所想 beh 表達 --ê。已經 hiah 濟年，敏雄 mā 無想 beh kā 建秋當做囡仔來看待。一方面，伊 án-ne chiah bē sioⁿ 軟心，無法度控制家己 ê 情緒，koh 再講，伊 mā ài hō͘ 建秋一个模樣 thang 看，hō͘ 伊面對家己 ê 未來 bē 驚惶。

「你是按怎 beh 做醫生？」敏雄將伊過去 kiau 上帝 sio 輸 hit 套講 hō͘ 建秋聽。

「Án-ne 目前是你贏 --oh？」

「我 mā m̄ 知，總 -- 是輸是啥 mih 款？贏 koh 是啥 mih 款？我相信上帝 hō͘ 我行到 chia 是有目的 --ê，我 ē 遵照伊所 hō͘-- 我 ê 啟應來面對。」心內 soah leh 想伊 beh 按怎面對建秋愈來愈虛弱 ê 身影。

「Án-ne，m̄ 知上帝 kám 有安排我啥 mih 事工？」

「Che ài 你家己去走揣，在來我 ē-tàng 想 --ê 是 ài 揣出家己心中 ê 價值。價值有可能是你家己認定 --ê，mā 有可能是別人心目中 hō͘-- 你 --ê。」

敏雄趕到位 ê 時，白布早就 khàm tī 建秋 ê 面目……。

伊走出去病院外口，m̄ 願 koh 再看 -- 落 - 去，過去 ê 情景 tī 頭殼 -- 裡搬演，che 是上帝 hō͘-- 伊 ê 考驗！

一个殘忍 ê 干證。

Hit 个公園仔，長椅 liâu 減一个人來 sio 伴 phò-tāu，淡薄仔

孤單。伊規氣當做厝--裡ê膨椅the--leh，倒tī hia大聲háu。過路人lóng停跤，m̄知是m̄是ài去kā安慰。

「破病已經20外多--ah，我ê價值，人生ê意義又koh是啥？」攑頭看天，敏雄走揣天星溪河，koh想起建秋hit句話，「人死了後，是m̄是ē變天頂一粒星？」若是，你是m̄是已經tī天頂--ah？建秋應該是上帝派--來ê使者，幫贊我tī行醫chit條路有koh-khah濟ê體驗，chit條路mā愈行愈堅定。

手機仔傳來訊息，通知「國考通過」。敏雄攑頭tùi天大聲hoah：「建秋，我通過醫生國考--ah！」Chit時，bē輸koh再看著天頂ê天星溪河。

# 阿芬

## 重逢

　　夢--裡，遠遠 hit 个穿短裙、踏 koân 搭仔 ê 查某人行 -- 過 -來，身軀 hit 領衫 chiâⁿ mô-tn̄g、ná 玻璃絲仔薄 koh 透光，內底 ê bu-là-jià 看現現，胸前有自由女神 ê 勝利記號，兩粒徛 thêng-thêng ê 飛彈 kiōng-beh 射 -- 過 - 來。褲底 káⁿ-ná 有一隻蟲 ngiàuh-ngiàuh 趖，拄睏醒全款 beh 討食。我 hō 伊 heh kah bē-tín-bē 動。伊是啥人？叫啥 mih 名？

　　微微仔風 sńg 弄伊烏 sìm-sìm ê 長頭毛，頭毛絲 tī 風中跳舞，將我 ê 心脈牽引屬 tī 伊 ê 韻律。小等 --leh，我 ê 目睭仁 koh iáu 未將伊 ê 面模仔看 hō 明 --leh。

　　He m̄ 就是芬 --a，我六年國小同窗，bat 坐 tī 我隔壁。In 兜蹛 tī 明興路過南寧橋，看 ē 著消防局、省躬國小，邊 --a 萬年殿後壁。伊 kap in 阿媽孤兩人蹛做伙。我 bat tī hia 公園仔，偷牽伊 ê 手，sio 招 sèh 黃金海岸掠寄生仔，khioh 銃管螺仔殼妝 thāⁿ 厝外 ê 花 khaⁿ 仔。He 是 20 多前 ê 代誌 --ah，伊 taⁿ tńg 來庄跤。

伊kám iáu ē認--得--我？

我iáu ē記得阮老母leh講，阿芬in老爸老母本底是tī茄萣仔興達港仔（Sin-pak-káng-á）leh討海，in隔壁庄，生活iáu算bē-bái。後--來，有一kái出海去掠魚，soah tīg著菲律賓ê海賊，人lóng hō拍拍--死，船仔mā去hông搶--去。一个船工跳海救命，tī海面浮漂三工hō經過ê漁船救--起-來，chiah hō chit件代誌現--出-來。尾--à，翁仔某死體家己做伙流tńg來港口，眞夭壽，身軀ê銃空十幾位。照講血已經流kah無thang流--ah，聽講見著親人ê時koh七空流血，眞hō人m̄甘。

阿芬kan-taⁿ賭in阿媽thang倚靠。落尾手，chiah搬來灣裡kap in外媽踮，tńg來省躬國小讀冊，阮chiah來熟sāi。In阿媽是tī茱市仔leh賣茱--ê，菜園仔就tī阮兜弓蕉園邊--a。阮老母便若去茱市仔，一定ē去kā伊買，阿芬mā lóng ē去tàu-saⁿ-kāng。阮是tī茱市仔熟sāi--ê，後--來，伊chiah tńg來阮學校讀冊，阮koh全班，所致感情chiah ē hiah深。

Che可能是我第一kái ê暗戀。

伊細漢就眞有氣質，tī班--裡lóng是第一名，啥mih碗糕課ê小老師lóng是伊。有一擺我bat tī學校講台語hông罰錢，我無錢，伊替我納。伊若無錢，伊就出詭計hō hia-ê外省囡仔chhoh-kàn-kiāu，chiah hō in做替死鬼。阮lóng無了解講台語是佗位m̄-tiòh，濟濟同學in爸母lóng無讀冊，當然mā是講台語。

老師三不五時私底下我mā聽in leh講台語，總--是，阮m̄

敢掠 in ê 包。

　　外省老師就 khah 粗殘，耳空 bē 輸是觀音媽下跤 hit 兩 sian。Tī 庄跤所在，照講 in m̄ 敢 sioⁿ chhàng-chhiu，不而過，校長不時透早升旗唱國歌了後，lóng ē koh 講 chit 个教育 ê 禁令，致使逐个老師、學生實在 m̄ 敢假痟。Lín 爸 lín 母有偌濟 hō͘ 你來罰！

　　庄跤人古意，拚死活 beh hō͘ 囝兒 khah 出脫，眞擔輸贏，認爲讀冊就是好將來，免親像 in 拖老命，一世人 ná 牛，gōng-gōng 仔做、gōng-gōng 仔拖。老師講啥就是 tiȯh--ê，講台語確實是 in m̄ bat 字兼無衛生 ê 人講--ê。

　　阮兜散，無入幼稚園，阮老母 mā m̄ 知入國校進前，tiȯh-ài 先去 hia 讀 ㄅㄆㄇ。我國小一年 ê 時，tiāⁿ hō͘ 一个國語老師 tiang，不時攑篾仔 siau，無腫頷，m̄ 是我白目，實在眞正聽無伊 leh 吠啥 siâu lān-chiáu。到國三 ê 時，我猶原發音無準，bē-hiáu 捲舌。全 hit 篐 kā 我雙手 sut kah 噴血--出-來，伊 chiah 煞手。阮老爸 hit 暝就 chông 去訓導 in 兜。

　　伊是半山，學校 ǹg 後門對正正 hit 間 kám 仔店就是 in 某開--ê。外口 ê 壁堵 koh 有白油漆寫 ê 字「**三民主義，統一中國**」、「**反攻大陸，解救同胞**」，門口掛一枝中華民國國旗 kap 國民黨 ê 黨旗。我無錢買 chhit-thô-mih，kan-taⁿ 看人 sńg niâ。頭家娘眞緊就知阮是散赤人，便若看我入--去，伊就 kā 阮 hò͘--出-來。Hām 看 to 無愛 hō͘ 阮看。

老爸爲著我 hō 老師損去揣訓導，我 iáu ē 記 -- 得。

老爸用礙虐礙虐 ê 聲嗽拍北京語問訓導：「老師啊，我家小孩子打成這樣會不會太 hiông 了。」

訓導面仔笑笑，chit 種場面已經看 chiân 濟，應講：「喔，伊 kiám 是 tī 學校 *put-koâi*（乖）？馬老師教冊 *chin-tit hûn* 頂眞 -- *tit*。」

「孩子是……可以管教，但 mā *iàu* 站節 -- 啊。」

「*Sân*，*iàu* kā chàm！」

「沒有啦，小孩子要巴結 -- 一 - 點 - 仔。」

「巴結，哈哈哈，che 你眞 *liáu-kâi*！」

Chit 種好笑 ê 對話，無 tī hit 個時代，永遠無法度來了解。

老爸出門行一塊仔路就起 chhoh：「我 leh kàn lín 娘水雞滷麵食三碗，是當做 lín 某 kap 契兄生 ê 囝仔 leh 拍 --nih！Lán tiòh-ài 提錢 hō--in--oh，是 leh 讀啥 siâu 冊，規氣提錢 tàn 二仁溪，iah 是銀紙燒 hō-- 伊，看是 beh 偌濟。」

我恬恬無聲無 soeh，內心想 lán 人話 kám 是 hiah 歹聽。

「阿芬，lán koh 來創正義 --ā 好 -- 無？」

「Mài--lah，正義 --ā mā 是古意人，kap hia-ê 外省老師無全款。」

「好 --lah、好 --lah，伊 mā 替我納幾若擺錢 --ah，lán 放學揣伊去海邊仔木麻仔林 sńg。」

「正義 --ā，下課去海邊仔 chhit-thô--lah。」

「Hŏ，hơh，hơh，講台語要罰錢喔！」

「Hehⁿ hehⁿ hehⁿ，ơ你去死--lah，你錢嫌sioⁿ濟無 tè thang khai--nih？」

「Eh，阮老 pâ 爲著 che lóng hō 我拍。」

「你 chit 个不孝囝，你拍你老爸--ơh。」

「Hngh！伊 chit 禮拜 tńg--來，我 m̄ 敢烏白走--lah，你iáu是 m̄ 知伊 ê 性地。伊若 lim 酒，皮帶……無，就是 hò-sù，啥 mih 家私頭仔 lóng sa ē 出--來，拍阮老 bû。操他 ti liâu-tân。沒有的話，我又不是白痴替你繳罰款。」

阿芬插話應：「有影 chiâⁿ 酷刑，lín 娘是按怎？佗位 m̄-tiòh--nih？」

「它的 tiâu，馬的 B，俺不知！凡勢阮娘是台灣人 ê 因端，kàn 你芋仔番薯--leh。」

我聽了 chiâⁿ bē 爽，應：「我 leh kàn in 開基祖公媽，台灣人是佗 m̄ 好，外省人眞可惡！」

「Hài-iah，mài án-ne--lah，我 taⁿ-á 有 lín 兩个朋友 niâ。」

阿芬擋 bē tiâu，看阮兩个厚 thih-siông、厚話屎，chhap 喙：「好--lah，án-ne 下課我 kap 欽--a 兩人去海邊仔，你就 m̄-thang tòe--來--ō。」

「Lín 若有 khioh khah súi ê 螺仔殼 ài pun hō--我--lah，拜託--lah。」

「好--lah、好--lah，tńg--去 kā lín 老 pâ 好好仔管教管教--一-

下。」

「哼！直他娘的山東麵。」

阮三人是 chiⁿ 好 ê 朋友，無論上下課 lóng 黏做伙，che 是我記持內底上笑詼 ê 對話，無正無經。

涼爽 ê 木麻仔林內，其中有一欉頂頭有 bā-hiȯh-siū，是我 kap 芬--a ê 祕密基地，是伊 chhōa 我去--ê。Bā-hiȯh-siū tī 八八水災 ê 時掃 kah 無 tè 看，mā 揣無--ah。總--是，我 thài ē 有法度知影是佗一欉木麻黃？Che 我就無方便講--ah。到 taⁿ，我 koh tiāⁿ-tiāⁿ 去巡，ǹg 望 bā-hiȯh tńg 來做 siū，he 是我第一擺開喙講「*ài là-hù iú*」ê 所在。

是，對象就是芬--a。是講，我猶原無法度拆破 ㄞ ㄧ ㄕ ê 精差 tī 佗位，直到我 hông 掠入來關。

鳥仔飛袂--ah，定著 ē tńg-- 來。若是我有一工離開故鄉，我一定 ē tńg-- 來，che 是我上愛 ê 所在。是，伊 tńg-- 來--ah，tī 我眼前。我完全 gāng-- 去，伊行來面前笑笑，問我：「你好！你是 chia ê 人 --hohⁿ？」

心肝 chhȧk 一下，bē 認-- 得！芬--ê，竟然 bē 認得我！我是 kap 伊細漢上 má-chih--ê。時間 kám hiah 無情？

Tùn-teⁿ-- 一-睏-仔 chiah-koh 應：「無，我看--起-來是外地人 --nih，啊你是佗位仔 ê 人？」

伊無假 pān ê 形，聲調親像風勻勻仔吹--出-來：「我 chiok 久無 tńg-- 來- ah，已經 beh 十外多--loh。你 chiok 成阮一个國小

同學 --ê--neh。」

　　我 m̄ 敢承認，m̄-koh，我相信伊知影我就是，我喙邊 hit 粒愛食痣 koh tī--hia。是按怎無愛問我是 m̄ 是 --leh？我是 leh 驚啥，koh 無愛承認？

　　伊兩蕊目睭掠我直直 siòng，我感受著伊 ê 頷頸一 chhun koh 一 chhun ê 清芳，喙脣皮 ê 飽 tīⁿ，親像蜂看見蜜，直直 beh tu--過 - 去。日頭 chhoàh 射，照伊 ê 影，khiú kah 長長長，我 ê 心脈 chiâⁿ 久 chiah-koh 開始正常跳，時間 m̄ 知影堅凍偌久 chiah 退冰。

　　日頭光線 ùi 窗仔 chhiō-- 入 - 來，目睭 soah thí lóng bē 開，現此時 ê 我 koh tī 佗位？我親像鼻 ê 著外口挂落雨 ê 塗味，聽著田嬰 ê 翼股 tín 動 ê 聲。天光 --ah，今仔日是好天。總 -- 是，天光並無代表希望。

　　櫳仔內 ê 我，是按怎 iáu leh 想 chit 件代誌，我 soah 感覺愛笑。阿爸 --leh？是 m̄ 是 tī 厝內替我煩惱。是按怎到 taⁿ iáu 無法度停止思念 --伊，伊對我 ê 傷害 kám 講 iáu 無夠？Tit-beh 死 ê 人 -- ah，soah iáu leh khioh 恨 che？我感覺家己真見笑，對阿爸無法度來交代。

　　等 --leh，hia 無聊 ê 警察早起食飽了，koh ē 來 kā 我請安問早，繼續 hoo in 凌遲，有時想想 --leh，規氣家己做一个結束，親像湯德章 án-ne khah 有骨氣 --leh。Chiâⁿ 意外，今仔日 in 無 chhāu 我 ê 麻煩，下暗比我想像 --ê koh-khah 緊就來。我 bat giâu 疑 in 是 m̄ 是 kap 日頭做伙欺騙 -- 我。

　　烏夜 ùi 窗縫 chhî<sup>n</sup>-- 入 - 來，風 koh 有淡薄仔燒 lō，hō 我一絲絲仔溫柔，陪伴 -- 我。我細聲 kā 講過去 kap 老爸做伙作穡 ê 笑詼代。有時笑 kah chiâ<sup>n</sup> 大聲，守衛仔大聲 giáng-- 我。

　　In 若認為我起痟是 m̄ 是 ē 放我煞？我 koh 夢見我 kap 阿芬兩人做伙行 tī 黃金海岸 ê 沙埔，褪赤跤感受沙埔 ê 熱情，海湧 ê 聲直直 sak-- 過 - 來，雄雄我 ùi 海 -- 裡行 -- 落 - 去，hō 痟狗浪捲 -- 去。阿芬一个人倚 tī hia，無聲無 soeh，無 hoah 救人，koh 用 tè<sup>n</sup> 笑 ê 面容看 -- 我。

## 失散 ê 日本兵

　　省躬國小是日本時代 1912 年起 --ê，原底叫安平公學校永寧分校，1916 年改名永寧公學校。尾 --à，戰後 1946 年 chiah-koh 改做現在 chit 个號頭。

　　Che 是 chiō<sup>n</sup> 高中了後沓沓仔有淡薄仔了解，mā chiah 知影啥 mih 本省人 kap 外省人 i<sup>n</sup> 纏 ê 關係，koh 有二二八事件。學校冊 lóng 無教，是一位謝老師講 hō 我聽 --ê，koh sa 一本禁冊 hō 我看。伊知影我真愛讀小說，冊名 ká<sup>n</sup>-ná 叫做啥 mih 美國 iah 是中國出賣台灣 ê 款，我記才 bái；橫直冊我看了，內容我無好 tī chia kā 你講有偌精彩。

　　謝老師 tī 我高一 hit 年二九暝前就失蹤無 tńg 來教冊，阮老爸 m̄ 知聽見啥 mih 風聲，冊 sa--leh chông 去萬年殿倒爿 hit 个金

爐 chŏaⁿ tàn 落去燒，我 mā m̄ 敢問，檢采 kap 阮阿公是日本兵有關係。

　　Hit 時 iáu 戒嚴，我 khah bat 代誌 --ah，mā bē koh 白目開喙講台語。

　　總 -- 是，我 chit-má 台語 iáu ē-tàng 開喙講 kah 眞 liàn-tńg，he 是讀冊 ê 時有無意識 leh 反抗。現此時，想無學校哪 ē 無教台灣話，顚倒教支那話，明明阮庄 lóng 講台灣話，世界各國 kám lóng 講外省仔話？逐工去學校讀冊，就親像變做 é-káu，有話 bē-sái 講。放學 tńg 來工廠作穡，逐家 lóng mā 講台語；hiau-hēng--ê 是，阮 bē-hiáu 寫家己 ê 話，學校 mā m̄ 願意教。

　　聽講阿公有受 chiaⁿ 好 ê 教育，ē-hiáu 講日本話，聽阿爸講 tī 二次大戰 koh 做軍中 ê 通信。因爲細漢 khah 散赤，hit 時 iáu leh 戰爭，走去海軍派遣工員甄選，合格錄取第一期生。新兵訓練了，尾 --à，hông 調去新不列顚島 ê La-bá-luh（*Rabaul*，『拉包爾』）；戰後，拖多半 khah-ke，chiah hông 救 --tńg- 來，實在複雜。阿媽往生 ê 時，講伊細漢不時 leh 疏開，台南市火車頭、台南州廳（taⁿ ê 台灣文學館）、台南病院、兵工廠、中正路、西門路 lóng hō 美國仔飛行機 pōng kah 偌慘 --leh。

　　美國？！

　　是按怎 lán ê 教育 lóng 教 lán 是日本人轟炸 --ê？

　　Tī hit 時，我對學校 ê 教育充滿 giâu 疑 kap 無信任。阿媽 m̄ bat 字，總 -- 是，比學校 ê 老師 khah bat 歷史。伊 kā 我講伊 bat 看

過湯德章 tī 石像頭前 hông 銃殺，國民黨 chiaⁿ 惡質，beh 刣人進前 koh 押人 kha-chiah-phiaⁿ 插牌仔 sèh 街遊行，叫逐家出來看，親像古早 án-ne，有影 chiaⁿ 酷刑。In 叫湯德章跪，伊死 to m̄ 跪，伊 beh 死進前 koh 大聲 hoah「台灣萬歲」。伊 ê 死體 m̄ 准 hō͘ 厝 ê 人徙，tī hia 曝三暝三日。

後--來，是大道公廟 ê 廟公看 bē 落，拚伊 ê 老命去收--ê。

石像圓環仔，州廳頭前 kap 南門路雙爿 tī 5、6--月 ê 時鳳凰樹花開 kah 紅 pà-pà，我若駛車 beh 去送弓蕉經過，lóng ē 小停--一-下，揣一欉鳳凰樹，攑頭看伊火 tòh ê 熱情。

熱情？我現 chūn kan-taⁿ 感受性命沓沓仔消失。人總--是 ài 死--ê，kám m̄ 是？

頭殼內 soah koh 想起 kap 阿芬細漢 ê 代誌。

Tī chit 个恬 chiuh-chiuh ê 櫳仔內，我親像感受著外口彎 oat 走廊守衛仔 ê 睏 kôⁿ 聲 ná 惡魔 ê 呼召，害我 bē-tàng 入眠。假使若 ē-tàng，我真想 beh tī 壁角種一欉日日春，日日春 gâu 生湠，應該無需要 hiah 濟日照 chiah tiòh。我 ē-sái 好好仔記錄伊 ê 生長過程，puh-íⁿ、發芽到開花。我上 kah 意白 ê 花，tī chia 烏暗 ê 所在無定著 ē 為我來照光。總--是，我一直 beh 走閃 chia-ê 思想，看天 pông ê siàn 蟲仔輕聲 leh 叫，我想伊已經認得我是伊 ê 朋友--ah。

隔壁明--ā 阿公講 hit 時伊 kap 阮阿公去 La-bá-luh，日本兵仔死 chiaⁿ 濟，島上無 mih 件食，日本兵仔就 beh 刣台灣兵仔食

in ê 肉，伊 hit 條命是阮阿公救--ê。伊大腿倚 kha-chhng 頭 hia 有一巡歪 ko-chhih-chhoah ê 傷痕是阿本仔 liô--ê，伊 tiāⁿ 現 hō 我看，我 lóng ē 想起茱市仔豬肉擔吊 ê 豬跤。我想阿爸家己 mā 無理解 hit 時局勢 hiah-nī bái，beh 食一喙飯 chiâⁿ oh--oh。

今年是終戰 70 年。我去成大聽演講，有 hit 時全款是日本兵 ê 阿公來現場分張，我 chiah 有不止仔了解。少年囡仔愛聽伍佰 hit 條〈空襲警報〉，m̄ 知 in 知影是 leh 唱啥 siâu-- 無？我無拄著 chit 段歷史，不而過，he 歷史 ê 傷痕已經深深 kā 我 ê 性命 liô 幾若刀。

做過日本人，m̄ 是阮願意--ê，是歷史來起致--ê，in hia-ê 殖民者，乞食趕廟公，是 beh 按怎理解。Che 是正義--ā in 老 pâ tủh-lān 阮一口灶 ê 因端。後--來，我 chiah 理解 in 根本無 kā lán 當做是家己人，in mā 是 kā 台灣當做 ho͘-té-luh niâ。

是--lah，阮阿公是日本兵。

M̄-koh，我 m̄ bat 看過伊，kan-taⁿ 佛廳正手爿頂頭掛 ê hit 張相 niâ。是一張穿軍服，倚 thêng-thêng，目睭仁 chiâⁿ 有神，看--起-來個性 khîⁿ-kô ê 人，真有精神。哭爸春明--ā tī 電視講「皇民」是 koh leh 哭爸死爸啥 siâu，éng 早看著阿共--ā，一枝 lān-chiáu 勼 kah 無 tè 看。現此時，ná chhio 狗--leh！世間濟濟人食碗內看碗外，對伊好，翻頭 koh kā lán tủh-- 一-刀。

是--lah，我 leh 怨嘆家己。

「無--啊，義--ā lín 老 pâ 是 koh leh 創啥 siâu àu 龜仔頭？不

sám 時 beh 揣阮兜 ê 麻煩？」

「哼！我再也不跟你講話了，你阿公是日本人的走狗。我爸爸都告訴我了。我不要跟你好了。從今天起我們一刀二斷。」

「我 leh kàn lín 娘 àu chi-bai。」我拳頭拇 tēⁿ--leh 就 ùi 義--ā ê 面 bok--落-去。伊喙角隨流血，一跤 mā 隨 chàm--過-來，正正對我 ê 腹肚。我 un 落去 tī 塗跤，無才調講話出聲。

「罵阮母--à 創啥？Kán！Beh 釘孤枝就來！」

「Lín 爸驚--你--leh！」阮兩人風火 tng tȯh，lóng 無 beh 讓，bē 輸 hit 口氣吞忍 chiâⁿ 久，過去 ê 朋友情 mā 無 tài 念。Tī 混亂當中，我 bē 記得 sa 啥 mih mih 件 ùi 義--ā ê 頭 hám--落-去。

He 是一个花 khaⁿ 仔，內底有 chiok 濟我 khioh hō--伊 ê 尖螺仔殼，義--ā 倒 tī 塗跤，頭 leh 流血；我 chhoah 一 tiô，越頭就起 leh lōng。Hit 暝我 hông 拍真慘，尾--à，老爸買十條長壽薰 hō 義--ā in 老 pâ，算是賠罪，古早人講法是請食薰洗門風。老爸倒手 khiau 有傷，跤有 kap 我全款 ê 烏青，我知影發生啥 mih 代誌。

Kán，靠勢伊是警察，若 hō 我扙--著，我一定 beh kā 拍 kah 做狗爬，義--ā mā 全款。當然 che 是氣話，我心內 m̄ 甘阿爸，我 mā 煩惱義--ā ê 傷。

後--來，我就無看過義--ā，hām 芬--a mā 無 beh chhap--我，kan-taⁿ làu 一句：「Chit 世人 lóng 無愛看著你。」

尾--à，大箍平--ā 偷偷仔 kā 我講，芬--a 認義--ā in 老 pâ 做

契爸，做伙搬去台北。義--ā老pâ確實對芬--a chiàⁿ好，可能kap伊北京話講了chiàⁿ好、ē捲舌有關係。In lóng無參加畢業典禮。我有chiōⁿ台，m̄-koh m̄是領獎，是tī台跤講話厚thih hông請--起-去--ê。

我無hông損，m̄-koh心chiàⁿ酸。

平--ā講有看見in兩人手牽手kap義--ā in爸母坐tha-khú-sih去火車頭，義--ā頭頂koh包一包。我ê心ná火燒罟寮——全無望，台北是hiah-nī仔遙遠ê所在。阿爸有來參加典禮，伊面仔笑笑歡喜後生徛tī台頂，我mā笑笑kā伊iat手，bē輸後生tiȯh大獎、beh出脫--ah。

你若是beh問阮阿公、阿爸kap我唯一有ê線索，是萬年殿聖王爺poȧh ê poe，講是kap謝老師tī牛奶大學leh做同學進修。有靈siàⁿ--無？阮庄跤人無leh giâu疑。


## 愛ê芋仔

我m̄ bat siàu想koh ē看著in，我一世人lóng tiâu tī灣裡社。

尾--à，芬--a kap義--ā ê消息mā是大箍平--ā kā我講--ê。In讀全一間大學。

大箍平--ā有khah瘦，便若tńg來庄--裡，我就ē拜託伊kā我講in ê下落。總--是，伊ài我mài koh叫伊大箍。確實--lah，伊有khah瘦--ah，體格mā勇壯勇壯。Tiȯh，koh ài請伊食萬

年殿門埕 hit 擔 o·-lián 擔，豬頭皮 chiâⁿ khiū，koh 一份大腸煙 chhiân，不止仔貴。福伯--à lóng ē 算阮 khah 俗--leh，因為我有時 ē 去 kā 伊 tàu 作穡、曝粟仔、整理田園挲草。廢五金 leh 興 ê 時，我 mā ē 去做散工，庄--裡通人 bat 透透。

「Hohⁿ，你就死心--lah，in 兩个早就 leh 交--ah。你 mā khah 拜託--leh，幾多--ah，人 he 眞正是青梅竹馬，早就 bē 記得你啥 mih 名、啥 mih 姓、圓 iah 扁，生做啥 mih 款 to m̄ 知--ah。Hām 我是 chiah 飄撇，伊 mā bē 記得了了。」

「哭爸，你細漢是大箍呆，是 beh 按怎認？In 交 chiok 久--ah--o·h！未 chêng 嫁娶，是 bē-tàng 問--nih？Kán，豬頭皮食 hō͘ 脹--死，大腸包你 ê lān-chiáu--lah。Mài tī hia 哭，知影啥，緊講--來--lah。」

「有影 khiū，iáu 是 chia ê 豬頭皮讚，清湯蔥仔 koh 濟，頭家無惜本，lim--落燒 lō 仔燒 lō 好 thang 擋冷風。Kā 你講--lah，大學英文叫做 "iu-lí-bú-sí-lih"，知--無？大學生 lóng leh 興戀愛，換做台語講就是 "hō͘ 你舞四年"--lah。校園內不時 mā 有人 leh lā 舌，佫 lô-bán-tek-khuh--leh。」

「雙人目睭放電，沉醉茫茫，兩舌牽纏 sio 拍 kat，喙汁生淀，鼻翼熱氣 phut-phut，互相 sio 攬 tah-tah-tah，難分難捨。雙手自由 tī 對方 ê 身軀 sèh 來 sèh 去，bē 輸走無路，失去心魂，定著揣著有安慰 ê 所在。」

「哈哈哈，終其尾，路途開闊，一路 thàng 去軟綿 koh toāiⁿ-

toāiⁿ幌ê雙峰，無，就是墜落無底ê烏空。Oah！阿娘ôe，chit條大腸有影成 to tioh。差我ê一屑屑仔--lah。」

「無--啊，你是細本--ê看 sioⁿ 濟 koh leh chhio--sìm？公園壁角去 khau-- 一 - 下，看 ē khah 清醒，siâu 力 tháu-- 寡--bē？緊講--lah！今仔，豬頭皮切兩盤，你 koh 食兩份大腸煙 chhiân，你是 leh 啥 siâu，食免驚--nih！？」

「In 兩人現陣躊做伙--lah，是 beh 講啥，kám 講叫我去看 in 按怎做 sán-khùi--nih？Koh ài kā 你報告？」

我心 chhak 一下，chiah-koh 應：「Mh，是按怎無 kap 義--ā 爸母做伙？」

「Oh，che--oh，話若 beh 講，目屎就 póe bē 離--lah。」

「義--ā in 老母去台北無偌久就死--ah，後-- 來可能是義--ā in 老 pâ 無人 thang 拍，tiāⁿ 掠義--ā 扯 siàu ê 款。讀大學ê時，就趁時搬-- 出 - 來--ah。He 是有一擺大學迎新暗會，義--ā lim 酒起酒瘖 kā 我講--ê。落尾手，koh 是我 chhah 伊 tńg 去稅厝ê所在，芬--a 開門--ê。清彩--lah，別人ê閒代，管 hiah 濟 beh 創啥。豬頭皮食了--ah--lah。」

「你是 beh 變豬腦--sìm？食 hiah 濟補腦--nih？啊，芬--a--leh？過了好-- 無？」

「Che 就有影！芬--a 比 khah 早 koh-khah súi，hām 我ê心 to 鹿仔亂亂 chông，空思夢想，喙瀾 chhap-chhap 津，無腥頷--ê--lah。伊身邊不時胡蠅蠓仔一堆，若 m̄ 是義--ā 伊 hit 篩屎人孝男面

kâng háⁿ，定著hō͘我交 -- 落 - 來 --loh。」

「Kán，爲著chit件代，義 --ā看著我就kā我chhiⁿ、kā我gîn，áh m̄是beh kā kàn--ah--lah。Chiâⁿ想beh攑bá-tah hám-- 落 - 去。國小ê時，我講台語hông罰lóng伊jiàu--ê。」

「你是按怎講in leh交？」

「頭殼té啥？跤頭趺想mā知！蹛全間 --neh，4、5坪房間徛 --leh--nih，當然mā疊做伙！阮全樓全層 --neh，不時半暝1、2點lóng leh哀過來哀過去。拄開始leh聽，偌心適 --ê--lioh，小弟弟ē tòe leh chhio，點hit-lō͘愛情文藝片來研究一下仔che學問ê所在。」

「你知 -- 無？聽久ē siān，我mā是ài讀冊考試 --neh。有一暝in koh來 --ah，一个哀爸一个叫母，m̄知是啥siâu。我去kā挵門，義 --ā久久 --à chiah來開門，拄開門就kā我chhoh。Lín爸氣kah心狂火tóh，雄雄目尾lió著內底一个查某人ê kha-chhng，我soah恬 -- 去。規个人一時間m̄知beh講啥！我chŏaⁿ越頭就走。He是我頭一擺看著查某人ê kha-chhng-phóe，chiâⁿ翹。」

「你chiok gâu話虎lān--ê--neh，tī台北是有leh讀冊 -- 無 --lah？Khah正經 --ê--lah，bē giàn聽你講--ah--lah。」

「Hngh，我chiah無想beh講 --leh，講話配飯消化無好，去納錢 --lah。」

「錢你一籤芋仔番薯 --lah，個人造業個人擔。家己納 --lah。」

其實我 mā m̄ 是眞正有感覺著失望 iah 是按怎。總--是，心肝頭有講 bē 出--來 ê 鬱卒，一粒石頭 beh 徒 sian to 徒 bē tín 動，心 koh 像風吹 beh khiú koh khiú bē tńg--來。

## 三角關係

Chit 件代 mā 是後--來平--ā kā 我講--ê。我眞知 lán 細漢時，he 甜甜 ê 愛戀 kan-taⁿ 是一个揣 bē tńg--來 ê 記持 niâ。

有時仔，我 lóng ē seh 去木麻林，走揣 hit 時 ê 跤跡。M̄ 知 kám 有一个時空烏空 ē-tàng 踏--入-去，hō 我 tńg 去囡仔時，iah 是 chhōa 我到芬--a ê 身邊，kā 講我 ê 思念。

海邊仔 ê 湧攪吵，m̄ 知 kám 是 leh 笑--我 ê 款。伊 koh 將我 tī 沙埔寫 ê 詩 hú 掉，hām 邊--a leh chhit-thô ê 囡仔起 ê 城堡 mā 無情沖沖--倒，眞可惡。總--是，囡仔 lóng 笑笑，無我憂頭 kat 面。我雄雄大聲 hoah，大聲 kā jiáng，囡仔 kap 大人 hō 我驚--著 kā 我 gîn，m̄ 知是佗位來 ê 痟--ê。

我 lóng kan-taⁿ ē-sái 孤一人，食弓蕉皮治療情傷 niâ，lim 咖啡聽講有全款 ê 效果。總--是，散凶人買 bē 起，弓蕉家己栽--ê bóng 銷，m̄ 驚食！芬--a ê 遭遇無講 kài 好。雖 bóng，伊 leh kap 義--ā 有曖昧，聽平--ā 講 ê án-ne 生活無啥順序，che 不止仔 hō 我掛心。

平--ā 講義--ā in 老 pâ 有夠精牲，老牛 beh 食幼 chíⁿ 草 koh

khảp 後生 ê chhit 仔，不死鬼、不答不七、bē 見笑。芬--a 是 it 著人 ê 家伙 ê 款，iah 是親像我 kah 意大腸煙 chhiân 做伙食。欲兩个通殺，治心靈空虛，止生理 iau 飢。

有一暝，平--ā 去西門町唱 kha-lá-ó-khe 煞，半暝翻點出頭，tī 一條暗 sàm ê 巷仔放尿，看見芬--a kap 義--ā in 老 pâ ùi 西門 ho·-té-luh 行--入-去。芬--a kā 義--ā in 老 pâ ê 手箍--leh，義--ā in 老 pâ 手攬芬--a ê 蜂腰。伊 ê 面親像阮庄萬年殿門口埕 hit 隻不時 leh chhio ê 大鳥狗，lān-chiáu kiōng-beh kā 褲 tủh 破，oân-nā 噯 oân-nā 行，oân-nā 笑 oân-nā 挲伊 ê kha-chhng。

Hit 間是西門町有名 leh 做 iě-lơh să-bì-sù--ê。平--ā 人眞 kok-pih，koh sòa--loeh，講伊有科學家 kap 日本探偵 ê 精神，tī 門口等，beh 知影 in 幾點 kā 穡頭做煞。尾--à，hō· ho·-té-luh ê 人當做是來掠猴--ê beh kā 趕，伊 m̄ 走，人 chiah 報警察。Hō· 巡邏 ê 便衣盤查是大學生，請伊去派出所泡茶，等教官來 chhōa。

義--ā in 老 pâ 瘠豬哥是通庄知，想 bē 到 hām ē-sái 做伊查某囝 ê 芬--a mā 食 ē 落喉。我 chiok 想 beh 騎阮兜 hit 隻銅管仔車去台北，chhōa 阿芬 tńg--來。平--ā 罵我瘠--ê，因爲 che 是伊兩冬前看--著 ê 代誌。

我已經算 bē 清阮分開有偌久--ah。

我 kā 問：「義--ā--leh？Kám 無講啥？」

平--ā 應：「In 早就無做伙--ah。Mā 無 koh 蹛做伙--lơh，進前三不五時就起冤家。Bat 一 kái 半暝，義--ā in 老 pâ 來宿舍

鬧 beh chhōa 芬--a 走。芬--a 可能 mā m̄ 肯 ê 款，義--ā koh kā 擋，兩个爸仔囝 soah sio 拍。你我 lóng 知--leh，義--ā in 老 pâ 是警察退休，有拳頭底。義--ā lān-chiáu 毛 iáu 未生 chiâu，一兩三下--ah，伊就乖乖 phak tī 塗跤，等 ō͘-i͞n-ō͘-i͞n 來車。芬--a mā 是 hō͘ 伊 chhōa 走。」

「你無 khà 電話報警察--oh？Kám 有？」

「報你一籤 siâu--lah！伊警察退--ê，你 bē 記得 lín pâ ê 代誌--ah--oh！阮 pâ mā hō͘ 伊 tiang--過！Thài ē 想 beh 夯一个枷。」

……

我 ê 心 ná 沉大海，拳頭拇 tēⁿ-ân-ân 去舂壁，舂 kah 平--ā chhoah 一 tiô，驚 kah 無話。

尾--à，平--ā 答應我 beh chhōa 我去台北偷看芬--a。我 kā 阮老爸騙講有朋友想 beh 批弓蕉，伊 mā 知我 leh hau-siâu，soah mā 無講破。

Hit 時，la-jí-oh 不時放送一條流行歌。歌手名叫阿強，歌詞 leh 鼓舞少年人去台北拍拚。親像以早 ê 勸世歌，講啥 mih lóng mài 驚，tio̍h-ài 向前行。

老爸想想--leh，伊少年 ê 時因為環境 ê 因端確實 m̄ 敢出外，chit-má hō͘ 後生去見一下仔世面是有好無 bái，chhōaⁿ 叫我緊去緊 tńg--來。園--裡穡頭濟，伊有歲--ah，孤一人無閒 bē 過--來。我若無愛做，過幾冬，thèng 好收收--leh，注心去開創家己 ê 天地。

我聽了鼻頭酸酸，我心 ná 直直滾絞 ê 海湧。不而過，hit 腹火無才調沖 hō hoa。

無人料想到，尾--à，行一下失覺察--去，親像一場夢。

## 命案

其實我也無確定 che 是 m̄ 是一場夢，beh 行向一个生份 ê 所在，揣一个可能 hām 我 ê 名 to bē 記--得 ê 人。我無確定 che 是愛情。正確講，我 hām 愛情是啥可能 lóng sa 無 cháng，kan-taⁿ beh 知影伊是 m̄ 是快樂辛福 niâ。

平--ā chhōa 我去伊做散工 ê 所在，he 是一間咖啡店。茄仔色 ê khăng-páng 頂面寫「綺夢」兩字，koh 有一个穿短裙制服查某囡仔像，hông 看 kah 心茫茫。外口兩塊大塊烏玻璃，無才調看 thàng--過-去。內底光線暗 sàm 暗 sàm，有一種神祕 ê 感覺，吸引人客好玄 ê 心理。

我是庄跤 sông，m̄ 敢行--入-去。Kā 平--ā 問，芬--a 是 m̄ 是有影 tī 內底做工趁錢，chit 間店看--起-來氣氛怪怪 bē 輸 leh 做烏--ê。伊笑我無見過世面，che 是目前上 hang ê 行業，輕可 koh 好趁。何況，lim 咖啡本身就是一種身份地位 ê 象徵。來--ê mā 是水準 khah koân ê 人，泡咖啡 m̄ 是清彩泡就 ē 孝孤--得--ê。豆仔 ài 揀，水源品質 ài ùi 高山泉水引 chiah ē 用--得。

查某囡仔 lóng 對 lim 咖啡有興趣，芳苦仔芳苦親像初戀，

對查埔囡仔來講有催情ê效果。

平--ā koh開始話虎lān、厚thih，講kah喙角全pho，我實在bē giàn聽，想beh ùi伊頭殼pa--落-去。我滿心期待看著芬--a，koh有淡薄仔驚惶kap緊張。

阮行--入-去，揀一位khah iap-thiap ê位，坐--落-來，目睭sì-kè chhiau揣芬--a ê影，心肝頭phók-phók跳，kiōng-beh chông--出-來。我看見芬--a穿一軀服務生ê制服，kap khăng-páng sio仝，短短--à，有影siân人ê心魂，穿一領薄kah ná玻璃絲ê衫，內底ê bu-là-jià看現現。伊ê喙脣有抹紅紅ê胭脂，ná蜜看--起-來就想beh食--一-喙。

伊行過來阮chit桌，目睭仁掠我直直看，我tiāⁿ--去。尾--à，伊開喙問我beh lim啥mih咖啡。平--ā開喙講伊beh kha-bú-chhí-lɔh，替我叫一杯白滾水niâ。我無反應--過-來，我已經沉落tī芬--a身軀頂ê芳味，一句話to講bē出喙。伊目睭對我bui-bui仔笑，koh問我是m̄是kan-taⁿ lim滾水niâ。Khêng實，我mā m̄知咖啡有偌濟種，ài按怎點。

伊ê眼神親像leh kā我講，伊知影我是啥人，伊ê笑容hɔ̄我心開開開。

我完全茫--去--ah。設使有人beh kā我khiú--開，我絕對beh kā拚命。

Hit暝我叫平--ā先tńg宿舍，我beh等芬--a下班，講幾句仔話就隨liam-mi tńg--去。

　　芬--a問我哪ē有閒來，koh問我beh tī台北蹛幾工。我一時無法度am-khàm久年內心ê激動，目屎流--落-來，講我對伊ê思念。芬--a目屎mā流--落-來，伊kā我攬tiâu-tiâu，bē輸是驚我phàng見全款。Chit暝，我tòe伊tńg去稅ê所在，伊kā我講chit幾冬伊按怎過--ê，包括義--ā in老pâ ê精牲代。

　　我chiâ<sup>n</sup> m̄甘，心內想講一定beh揣伊算siàu，還芬--a一个公道。

　　光線暗黃暗黃ê氣氛，微微風透lām芬--a身軀頂成熟ê查某人味。我偷偷仔ǹg望我ê胸坎有夠勇壯hō伊倚靠，有厚實ê肩胛，若天崩--落-來ê時，我擔ē起--來。伊ê目神有深深ê驚惶，親像摔落去山坎深淵，等待有人來sio救，直直hiàm-hoah。

　　我手牽--伊，用我上深ê感情kap男子氣魄ê目神，對伊講：「Mài驚，我tī chia，我ē tī chia保護--你。」

　　芬--a雄雄ùi我ê喙䫐--落-去，koh吐舌oân-nā lā我ê舌。

　　Che就是lā舌？！

　　濕tâm、燒lō ê交纏致使身軀酥軟仔酥軟，完全感受著對方無言語ê應答，身軀深底ê祕密，心跳ê節奏洩露khi-mó-chih ê樂章。規粒心kiōng-beh hō一湧koh一湧ê情海淹kah浮浮沉沉，soah無法度逃避。身體ê反應chiâ<sup>n</sup>自然，雙手kap阮小弟是leh歡喜啥？無受控制，火山kiōng-kiōng-beh爆發！

　　芬--a無拒絕我粗魯ê雙手，我已經失去控制。

Che若是夢，拜託，m̄-thang醒！

M̄是！He m̄是我ê雙手，m̄是我ê意識。

芬--a，無hoah停，伊ê聲嗽有tài歡喜kap懇求，甚至有施捨！

Hit暝，芬--a將伊奉獻hō--我，我mā盡力做到伊ê期待。Che一切親像一場夢，分bē清時間、空間ê遷徙。世間是hiah-nī仔美好、圓滿。我痟貪ǹg望che若是夢，就hō我khah慢醒--leh。Che是我死進前卑微ê訴求。

緊，我願意將chit條命交hō--你！

「Phok phok phok！」

「芬--a，你給我出來！」外口有人大聲挵門。

我tī春夢中驚醒，窗外ê天色iáu-koh暗暗，beh穿衫hām內褲to m̄知tàn去佗位。芬--a睏chiâⁿ落眠，有甜甜滿足ê笑容，我m̄甘kā伊叫醒，想beh好好仔來寶惜--伊。

「Phok phok phok！」

「阿芬，操你媽的B，是不是又給我帶男人回來啦！待會看我怎麼收拾你！」

Chit个聲音愈聽愈熟。

Tiȯh，伊就是義--ā in老pâ，hit箍精牲。我beh替芬--a討公道，koh有細漢時ê siàu，lóng總做一擺算算--leh。

芬--a精神了後，知影義--ā老pâ tī外口，除了驚惶iáu是驚惶……

「我出來 kap 伊 chhiâu，你 mài 驚。我 ē 叫伊以後 bē-tàng koh 揣你膏膏纏，lán beh tńg 來庄跤生活，mài tī 台北 --ah。」

「Chiâⁿ 實 --ê？」

「相信 -- 我！我 ē hō͘ 你倚靠，bē koh hō͘ 你 sì-kè 流浪。」

## 半暝銃聲

「你爲什麼殺了他？」

「緊招！無，就是討皮痛！」警察一工換三班 24 小時來問 -- 我。

全款 ê 話，講了 koh 講，我應了 koh 應，有講無講 lóng 是一頓粗飽。分 bē 清外口時間，日時 iah 下暗。疲勞無眠致使我心智錯亂，現實 kap 夢境 sa 無、看無。目睭前 ê 形影，是 hiah-nī 仔霧。

我看見阿爸 leh 等 -- 我，伊恬恬無出聲。

有，伊喙形有講話，我是按怎聽 bē 著？我嚨喉親像 hō͘ mih 件 that--leh，hoah bē 出聲。

我門拍開，看見義 --ā in 老 pâ，伊規身軀臭酒味，m̄-koh 頭殼 iáu-koh 清醒。伊看著我，phàng 是有驚 -- 著。

「你是福 --à ê 後生欽 --a？哪 ē tī chia？」

「你 chit 个不死鬼，食 kah hiah 老 --ah，koh leh sńg 弄芬 --a ê 感情。伊 lóng ē-sái 做你 ê 查某囝 --ah，你 kám 是人？你緊走，

無，khah 等 --leh 就 beh hō͘ 你好看。」

「哈哈哈！你這王八蛋，台灣狗奴才，我倒要看看你的厲害。」

伊提手頭 ê 米酒矸仔對我 hám-- 落 - 來，無著，soah 破 -- 去。玻璃 phòe 仔規塗跤。

伊繼續用尖 le-le ê 玻璃矸仔 beh tùh-- 我，跤步小可仔 phiân-phiân 倒倒。M̄ 知佗位來 ê 勇氣 teh 死心內 ê 驚惶，我接伊 ê 手，順勢按伊 kha-chiah sak 去邊 --a。本底 kan-taⁿ 想 beh hō͘ 伊跋倒，有一个教示 niâ，soah 一時無注意，伊就跋落樓梯，手頭 ê 玻璃矸仔倒 hiàⁿ tùh 著家己 ê 胸坎，頭殼 mā 摔 kah 流血流滴。

我驚 kah bē tín 動。目睭前 ê 圖像、形影 kám 是夢？若是，哪 ē hiah 顯明！

我無應該來台北，老爸 iáu leh 等 -- 我！今年 ê 弓蕉已經 thang 好收成 --ah！

警察 kap 律師 kā 我講我犯殺人罪，義 --ā in 老 pâ iáu 未到病院就無 -- 去 --ah。人證、物證 lóng 無 hō͘ 我解 soeh ê 機會，in kan-taⁿ 用歹 chhèng-chhèng ê 聲嗽質問：「爲什麼殺了他？」

「我 m̄ 是故意 --ê，he 是意外，我無刣人。」

「講什麼台語，說國語，不然，你今晚又別想睡了！」

Tī chit 个橫霸 ê 夢 -- 裡，講人話 mā hiah-nī 仔無自由，無法度家己自由來伸勻。

平 --ā 有來 kā 我看，目神淡薄仔 phì-siòⁿ，講我做 gōng 代

誌，chiâⁿ好騙。講芬--a kap 義--ā做筆錄，筆錄了手牽手做伙tńg--去。我聽一下心肝頭 soah 險 tiāⁿ--去。

芬--a是按怎無來 kā我看---下，che是爲啥 mih？

我無法度 thang 理解。平--ā 笑笑講 che 一切，lóng是義--ā in老 pâ保險金ê起致。後--來，平--ā mā無來看--我--ah，我前前後後苦想，chiah知影是啥因端。我想我可能 beh 起痟--ah，無法度了解人性 lah-sap ê 一面。

Hiau-hēng--ê是，我 tiāⁿ-tiāⁿ行 tńg 去 hit 个春夢，mā m̄願醒。

Tang 時仔，是阿爸 tī夢中 leh 叫，叫我緊 tńg--來。Tńg 來園--裡 tàu-saⁿ-kāng。雖 bóng，tī 夢--裡，我知影 tńg 去故鄉ê路，愈來愈看無。

Chit 站仔，半暝三不五時 lóng 有銃聲。有時感覺聽--起-來好聽好聽，ē-tàng 將夢拍破、看清事實，hō͘ 煩亂ê心 khah 定著--leh。內籬仔十幾个人睏一間，chiâⁿ 歹睏。Beh 到 tńg--去ê時，就 ē tńg 去個人房，避免影響其他ê人。

是--lah，我已經有智覺。一工過一工，等待……。

Hit 个查某囡仔 súi-súi，chiâⁿ 成我國小同學。伊胸前有勝利女神ê符號，leh kā我 siàⁿ。

我 soah 起畏寒、la̍k-la̍k-chhoah，一直到聽見銃聲將夢拍破……。

# A-lâm

「評審應該是 chit 篇文章唯一 ê 讀者。無論按怎，lóng 對伊 ê 用心眞感謝。」Che 是寫 tī 某一个文學獎 ê 得獎感言。短短 --à，我在來無想 beh koh 刊 chit 篇文章 tī 任何刊物。寫 hit 篇是 beh 記念我一段 m̄ 知影按怎放 bē 記 -- 得，mā m̄ 知影按怎 chiah ē-tàng koh 想起 ê 初戀。

總講 -- 一 - 句，眞複雜。

故事 ê 內容是啥，我有影 bē 記 -- 得 --ah，mā thang 講 m̄ 願 koh 去想。就親像我對伊 ê 印象愈來愈霧，生張按怎 mā bē 記 -- 得。我早 to kā 相片 kap 伊送 ê mih lóng 包包 -- 起 - 來；m̄ 是回收，無，就是送 hō͘ 用 ē 著 ê 人。Che 對家己 ê 健康 khah 好，我 lóng kō͘ chit 種思考來說服我 ê 失敗。某種程度是走閃，m̄ 願承認。總 -- 是，che 是人生旅行 tiāⁿ 拄 -- 著 ê 代誌。有影 ài 揣一个出路 thang tháu 心悶，kám m̄ 是 --leh？

Mài 怪我雄。我是 khai beh 5 冬 chiah 沓沓仔看 khah 開。顚倒伊 --leh，聽講扯了無偌久，就 koh 隨牽一个 —— gŏa「ian-tâng」、體格 gŏa 讚 --leh，講話 koh bē 得失查某囝仔 ê 心。

Che 濟濟 ê 點我有影 khah 輸，che mā 無代表我 ê 愛有 khah 輸 --ah，根本是兩件無全款 ê 代誌 --mah。總 -- 是，查某囡仔 ê 心比工程數學 koh-khah oh 解，解法千變萬化。是講 hia-ê chiaⁿ gâu phāⁿ chhit 仔 ê 同學，工程數學 ê 成績一個比一個死著 khah 歹看。內底 koh 有幾个重修 ê 學長。

是按怎工程數學無法度 tháu 愛情 ê kat？有一擺我攑手 beh 問老師一個問題，徛 -- 起 - 來了後，我看著 A-lâm，我 soah 恬 -- 去。

有一个學長，查某朋友一个交過一个，伊叫「A-lâm」。伊 bat kā 我講，phāⁿ 查某 ê 祕訣就是「錢」。落尾我 chiah 知 he 根本 m̄ 是數學 ê 問題，iah 是有啥 mih 大道理。等我出社會，我 chiah 沓沓仔理解，che mā 是 lán 南部囡仔 khah 單純 ê 因端 ê 款。

後 -- 來，A-lâm 轉系去經濟系 --ah。伊講以後若畢業，ài 眞有經濟 ê 手腕 kap 智識，時到查某囡仔 lóng ē 倚 -- 過 - 來。Kám án-ne？我實在無 hit-lō 經驗。

是按怎簡單 ê 得獎感言 ē 牽 kah hiah 遠 --leh？

我凡勢 ē hō͘ 女權主義者安歧視女性、物化女性 ê 罪名！

Khêng 實我無怪 -- 伊 --lah，何況我文章內底 mā 無寫伊按怎 --lah，顛倒是一種初戀 ê 心情。我知 --lah，評審是唯一 ê 讀者，chit 篇文章凡勢你 beh tī 市面上 chhiau 揣 mā 無 tè 揣。

啥 mih？你 beh 問我獎金偌濟？

你 kám 當做我是 A-lâm？

有影你 khah m̄ bat 行情，寫 che 絕對無 hàh 經濟理論 --ê。所 khai ê 時間是偌濟，tī 寫作 ê 過程 lán ê 心理 ná 海水溢來溢去，he 是偌 nī 仔艱苦，che 你定著 ài 讀 -- 過 chiah ē 知。

有一擺我 tī 台北火車頭拄著 A-lâm，我看伊無讀冊 hit 當時 ê 飄撇，不而過，kap 我比猶原贏 chiâⁿ 濟 --leh。

阮有做伙食一頓飯，lā 一下仔豬屎，伊知影我有 leh 寫小說了後，拜託我 m̄-thang kā 伊讀冊 hit-chūn 風騷 ê 代誌寫 -- 入 - 去。我有 kā 應好。總 -- 是，我在來是隱名寫作，手路半實半虛來 khau 洗生活。人講 che 是作者 ê 權力。若講 siáng 是 siáng ê 因端，beh 有一寡 sā-bì-sù，phàng 是 lán ê 法度猶無 hit-lō 工夫。

A-lâm 是我 hit 篇 tiȯh 獎小說 ê 第二个讀者。

我 kā A-lâm 講我有寫一篇小說，是 leh 寫 A-hun，請伊 kā 我指教 -- 一 - 下。我開電腦 hō͘ 讀，A-lâm khai beh 半點鐘 chiah 看了。

落尾，伊一肢手 thuh 下斗，另外一肢手中 cháiⁿ kā 目鏡 thuh hō͘ 正，用一種真經濟學者 ê khùi 口講：「評審 kám ē 是 A-hun？」

我雄雄驚一 tiô，A-lâm 應該 ài 來寫小說。

# Saⁿ-kha-á

## 阿三

是你問--我，我chiah beh講--ê，是我信你ē得過，你mài收音，lín做狗仔chit个習慣眞bái，比阮hit時做jiàu-pê仔koh-khah厲害。我知--ê lóng講hō你知，mài弄揚。我記才mā bái，想到佗講到佗，前後因果邏輯無的確ē tâⁿ--去，lán清清彩彩就好，chiah hàh lán忠國人ê性。Án-ne講，你有了解--無？啥，tī 2020年忠國已經解散--ah！有影無影，thài ē án-ne生？

Tī加昌路hia，Làm-á-kheⁿ加工區大門chhoàh對面niâ，he椰子樹生kah偌nī仔大欉--leh，chiâⁿ好揣。Hit sian顧死人怨ê銅像猶原徛thêng-thêng bē輸leh監視，病院內底執行戒嚴，che是公開ê祕密。無，你就免ke閒工來chia揣--我--ah，問kah一枝柄thang夯。我taⁿ頭殼koh gŏa精光--leh。啥？解嚴--ah！你婦jîn人，你這個不太了解忠國人這個這個⋯⋯。

「我只是聽命行事，我也不願意殺你們呀！去找我們偉大的民族救星，m̄-thang來揣--我！」伊半暝不時lóng án-ne leh hoah-hiu。眞 hiau-hēng--oh。

　　Koh 到半暝三更，piàⁿ 大雨，愈落愈兇狂，sih-nah sì-kè piák，塗跤 ná 地動直直 chùn，親像過去全款，惡夢 koh 再照時間來揣阿三，搬演伊 chit 世人所犯 ê 罪過，一條 koh 一條不時 tī 伊頭殼內出現，bē 輸驚伊失去記持。Ⅿ 知佗位來 ê 野狗 sio 招做伙同齊吹狗螺，一聲 koh 一聲 kiōng-beh kā 人 ê 心肝挖--出-來，阿三 kan-taⁿ ē-tàng 一下仔雙手 am 耳空、一下仔一肢手 kā 心肝搭--leh。冤親債主一个接一个倚伊 ê 床垾來 sio 借問，阿三伊驚惶 ê chhan 聲，比雷公聲 koh-khah hō͘ 人起雞母皮。外口 ê 竹 phō kiⁿ-kiⁿ-koáihⁿ-koáihⁿ、siⁿ-siⁿ-soáihⁿ-soáihⁿ，tòe 風 ê 節奏 kap 心跳直直 chhiàng 入去阿三 ê 心肝；其實外口月娘光 iāⁿ-iāⁿ，天星閃爍無風，kan-taⁿ 蟲 thōa chhan 叫 ê 暗暝，眾人早 to 睏 kah 十三天外，阿三猶原無法度走閃 chit 款責罰。當然 che kap 伊過去做--過 ê 代誌根本 bē 比--得。

　　眞無簡單 bâ 霧光--ah，等懶屍 ê 日頭光 ⅿ 情 ⅿ 願走入去縫 peh 冊窗縫，送來一 chūn 燒風，阿三總算 ē-tàng tháu 一个大khùi，bē 輸伊戰贏充滿妖魔鬼怪 ê 烏夜，kha-chiah-phiaⁿ ê 清汗早 to kā 眠床 tò͘ kah tâm-lok-lok。總--是，che 阿三 bē 致意，原底喘 kah ná he-ku，mā 變 kah 順--ah，喙角無細膩留一寡歡喜滿足 ê 痕跡，bē 輸得著上天 ê 原諒，無人知影阿三到底發生啥 mih 代誌。阿三 mā ⅿ bat kā 伊後生彭剛講--過，是彭剛無細膩知--ê。Che lán 等--leh chiah-koh 講。

　　阿三自搬徙來 hit 間榮民之家了後，逐工半暝定著 lóng ē 搬 chit 齣，mā 是 án-ne ê 因端，除了 hia-ê 護士 iah 是學校 ê 關愛社團掠外，少人 kap 伊有 pôaⁿ-nóa。伊 mā bat 揣醫生看，ǹg 望 ē-tàng kā chit 個病症緊醫 hō͘ 好，脫離苦海。伊 kan-taⁿ 知伊 tiāⁿ-tiāⁿ 做夢，夢醒了後 mā 記 bē 起來到底是 leh 夢啥。內底 ê 情境親像罩一層 bông 霧，póe bē 出一條 chhiⁿ-chhioh ê 路草，甚至伊有時根本記 bē 清伊家己 ê 名，尤其耳空邊不時有狗螺聲鑽來捹去，liam-mi 有人 hoah beh 討命 ê 聲，liam-mi koh 有機關銃掃射 ê 聲，害伊 ê 頭殼 kiōng-beh piāng-- 去。有人 bat tī 伊精神 ê 時問 -- 伊，伊 m̄ 是 m̄ chhap-- 人，無，就是大聲 kā jiáng：「操你媽的，小心我斃了你，你這個死漢奸。」

　　若 tng 精神 ê 時，thang 倚靠碎 sap-sap ê 夢境頗略仔想起一寡記持。總 -- 是，伊若看著一雙 koh 一雙無目仁 ê 目睭空，親像 beh kā 拖落去阿鼻地獄，伊就 m̄ 敢 koh 再想 --ah，伊想無伊到底犯著啥 mih 罪。在我看 -- 來，伊受 chit 款罪，對阿三來講，上帝已經對伊 chiok 赦免 --ah。落尾，彭剛知影 in 老爸過去做 -- 過 ê 代誌，伊 chiah kā 歷史 ê 真相沓沓仔鬥 -- 起 - 來，in 老爸 tī 伊心內英雄 ê 模樣，soah 變做一个惡魔，伊 chhōaⁿ 規个人失志、起痟。Che mā 變做伊一生無才調 tháu ê kat。

　　伊 ê 病房號是 333，我 iáu ē 記 -- 得。你 chia 樓梯行 -- 起 - 去，oat 倒手爿有一位守衛仔徛站，入 -- 去 ài 先申請，入 -- 去了後 koh-khah 過隨 oat 倒手爿，行到底就揣有 --ah。Hia ê 位所是刁工

安排--ê，án-ne伊若leh瘠，khah bē hông發現。照時間排，逐禮拜三，下晡3點是伊kap醫生預約ê時間。聽講是為著beh hō阿三好記，chiah kā伊ê名號做阿三，che聽--起-來是有寡趣味kap hàm古。我個人khah相信另外一種講法，就是beh am-khàm阿三家己過去ê罪孽，以免有一工hō人發現伊看--起-來薄板瘦猴、矮跤矮跤ê模樣，過去竟然是一个殺人魔，改名裝瘠是beh利用時間沓沓仔麻痺永遠thīⁿ bē完ê空喙。

　　是講，若無kā空喙內底ê pū-lâng清hō好勢，tiang時ē發炎無人ē知。Lán看目前台灣轉型正義就知，照目前暝退黨ê計策，放屁安狗心--lah！台灣人beh做主人，阿婆--ā生囝——chiaⁿ拚--leh。好--lah，我確實無資格講hia-ê有--ê無--ê，你免用hit-lō目尾kā我chhiⁿ koh目仁吊起去天頂，bē輸我欠你千外萬，khah注心仔聽--leh，講第二擺，錢mā ài照起工算，我hit-hō身命趁一屑仔lân-san niâ。等--leh，我lim一喙仔茶--leh。

　　Beh講二二八--oh，彭豬？Che我無講無人知--lah。Oh，伊--oh。Hit暝彭猛接著命令，就隨召集上bé-béng ê二十一師，要求機關銃、手榴彈……所有上有火力ê武器lóng ài chhoân hō好勢，準備坐船到台灣鎮壓叛亂。彭猛心內想，koh是一kái得著長官信任ê機會，伊bē輸是長官ê蛔蟲，真知伊ê想法。

　　長官是siáng？你銀角仔頂頭hit籤--無？好--lah，你m̄好chhap喙。彭猛伊真享受刣人ê滋味。伊不時思念徛tī jì-puh仔頂koân，雙手kā機關銃lak-tiâu-tiâu，pin-pin-piàng-piàng自由掃

射hia-ê民眾。雖bóng，機關銃ê聲kiōng-beh kā人ê耳空chhák--破，伊猶原ē-tàng聽著hia-ê民眾ê哀聲，in ê哀聲kap伊ê笑聲合奏--起-來，對伊來講，是góa優美ê音樂。

機會koh來--ah，伊ê血筋偷偷仔浮--出-來，親像bih tī塗跤ê tō-kún仔，伊已經chiok久無chit種機會--ah。頭殼內開始搬演按怎tháu放久--來ê壓迫，心臟早to歡喜kah phih-phȯk跳，hām伊leh命令官兵ê時，mā無法度am-khàm伊ê激動，下跤ê官兵無的確mā有全款ê情緒，in已經等bē赴kā銃尾刀鬥--起-來，ùi台灣亡國奴ê心臟窟仔tȯh--落。

Chit時chūn台灣打狗已經khau兇狂ê北風，市內治安開始亂，好佳哉有一寡學生出來維持，社會chiah有thang平靜--小-可。總--是，in實在無了解忠國人ê想法，到hit時心內koh leh siàu想chiâⁿ做in ê一份子，ná像chit-má不時leh hoah「台灣是台灣人ê國家」，tī hit个時代是ē hông拖去銃殺--ê。

啊無--啊，你是leh háu啥？


## 福生

柯福生ê代誌？你也知chit个人--oh。你做狗仔有影無簡單！Chit條線索至少ài一萬，錢先提--來！Chit-má lín狗仔mā對che紙頭無名、紙尾無字ê人有興趣！好--lah，你是頭家，逐家和氣生財。

　　柯福生chit位，chiah拄無偌久提著醫師執照，就來chit間報到--ah。頂koân ê長官有專工kā伊交代，叫伊好好仔照顧阿三，m̄-thang hō͘伊sì-kè烏白講一寡有--ê無--ê，驚伊影響病院其他患者。過去伊mā是一个心熱phut-phut ê少年人，想beh學醫救人，soah m̄知hit套大忠國虛假、phô-lān-pha ê文化無學bē-tàng畢業，規个人ê意志chhŏan chhé--落-來，任何代誌lóng差不多，「差不多」chhŏan變做伊ê話母。福生tī忠國提著醫師資格，tī台灣是無承認--ê，mā是án-ne ê因端，kan-tan透過in老爸是資深黨員ê關係，主席替伊chhiâu一个工作hō͘伊來到榮民之家做內科看護。Khêng實，福生知影代誌m̄是hiah-nī仔單純，he是一項任務，後--來chiah知就是守護lán偉大忠國民族救星ê祕密。

　　Tī忠國hiah濟多，伊觀察ê工夫已經是博士博hit級--ê--ah。「阿三一定是一个身份bē-tàng見光ê人，過去一定有替忠國黨做過啥mih驚天動地ê大代誌。」總--是，長期leh診斷阿三ê病情mā無看出啥mih，除了伊不時做夢講he摻一寡in聽無ê台灣話，koh透lām腔chiân重ê支那話，bē輸leh kā人hōe全款。伊開始感覺伊想sion濟--ah，說服家己阿三kan-tan是一个失憶ê老番顛niâ。不而過，逐個月mā是照長官ê命令寫報告kap hē藥仔，凡若發現阿三koh leh起痟，愛睏藥仔就加倍。福生拄開始開藥仔koh有leh chat，落尾，阿三起痟ê時間愈來愈chiáp、愈來愈長，伊姑不將hē藥仔就眞重--ah。Án-ne，伊mā ē-tàng 有 khah 濟時間歇睏。

　　阿三對福生 soah 愈來愈有好感，阿三感覺福生是 in 後生，自伊有記持以來，福生 ê 面容是伊上熟 sāi--ê。何況，世間應該無人有 hiah 大 ê 耐性逐工照起工問伊過了按怎，雖 bóng 阿三有時意識根本無清楚，福生 ê 跤步聲 hō͘ 伊想起伊 hit 雙軍鞋，khiàk-khiàk 叫 ê 聲 kā 所有 ê 不安 lóng 踏破。若 leh 睏眠無做惡夢，四箍圍仔 ê 動靜伊 gŏa 斟酌--leh，bē 輸等待死神 ê 審判。阿三倒 tī 眠床 siòng 壁頂 ê 時鐘，3 點半時間到，就目睭 siòng 門口，福生 lóng 真準時出現。「福生，快來，你的醫術真高明。我愈來愈少陷眠了，操他媽的 B，那個那個夢把我搞慘了。不過，我倒真的記不起來我夢到什麼 siâu 似的。」

　　「三--哥，記 bē 起--來就記 bē 起--來，準拄煞--lah，你 iáu ē 記得厝內有啥 mih 人--無？你厝內 ê 人是按怎 lóng 無來看--你--leh？」

　　「厝內？我家人？兒子……死了……什麼？你說台灣話？我台灣話也說得 bē-bái 啦。」

　　阿三親像掠著啥 mih，m̄ koh chiâⁿ 緊看無影--ah。伊開始 giâu 疑伊是 m̄ 是有一个後生。好佳哉，伊無想出來 in 後生是按怎死--ê，我 kan-taⁿ ē-sái 講因果--lah，膨肚短命路旁屍，規身軀爛 kah，幾若隻狗仔搶食，無人敢倚去看，chiah 一直無 hông 發現。In 後生你 kám m̄ bat 聽--過？就是創立一間 chiok 有名 ê 代工公司 ê 頭家--無？聽講最近 beh kap 人參選議員--無？後--

來，hông 週刊報講 in 老爸是彭豬了後，擋 bē tiâu chiah 跳樓死亡。Lín 少年當然 m̄ 知，che 世代無公平 mā 是一代傳過一代，若無經過轉型清除，定著 koh ài 受 koh-khah 大 ê 災厄。

「三--哥，你精神看--起-來 bē-bái--neh。你眞好命--neh，身體 chiok 勇健--neh。」

「兒子，我的兒子呢？快叫憲兵 mài 掠我後生，他媽的，不知道我是誰嗎？操他娘的，小心我斃了你。兒子啊，緊走、緊 bih--起-來，in beh 掠--你，他們殺人不眨眼的，我很清楚。」

福生目睭尾影著一个烏影，伊雄雄感受有一 chūn 冷風 ùi kha-chiah-phiaⁿ chhèng 到後頭 khok。是 siáng？憲兵？！

「福生，現在不是解嚴了嗎？那個人是誰？是不是 jiàu-pê 仔？」

Oeh，你聽 kah gōng--去--ah--nih？我 kā 你講解嚴 lóng hau-lak--ê，che 問我絕對 bē tâⁿ--去。

## 你 mài 錄音--ǒ！

你講 chit 張圖--oh，chit-má tī 日本 *Kanagawa*（神奈川）ê 藝術館？Che 就是阮 hit 時 ê 狀況--lah，阮偌 chhia-iāⁿ--leh，不時 beh 去佮一間厝檢查 lóng mā ē-tàng。三--哥伊 ê 癖比一般人 koh-khah 雄，你看 hit 隻卡車有--無？阮 bat 一 kái 用 41 隻卡車載死體，he m̄-nā 有造反--ê，管待你有 iah 無，路--裡看著人 lóng 照

tōaⁿ，che就是三--哥ê *su-té-luh*，hām我hit時看--著mā ē跤尾
手冷。Aihⁿ，逐隻車ná駛血水ná滴，beh到愛河hia規條路lóng
mā紅赤赤，臭chho kah，che mài問--lah。總講--一-句，人間
地獄。歡迎祖蠑chiaⁿ做一个落花夢，夢碎人亡。你ē聽kah目
箍紅，he是正常--ê。

　　三--哥當然m̄是伊本名--lah，按怎，你mā想beh替伊正
名--nih，kám有khah-choàh！本名落尾福生醫師知ê時，mā驚
一tiô，chiah有影理解蠑冥桶ê算計，che m̄是「差不多」清清
彩彩就tēⁿ做無要無緊，是ē賣命--ê。因為若是阿三洩漏過去ê
代誌，che m̄-nā ē引起chiaⁿ大ê風波，koh ē造成hit時轉型正義
chiaⁿ大ê變數。你ài知--neh，chiaⁿ濟台灣人koh hō he七仟七佰
四十九冬支那歷史所欺騙，無m̄-tiòh，蠑冥桶是乞食趕廟公，
不而過，che愛怪lín台灣人無覺醒--lah。福生koh算巧，伊換
另外一个角度來想，伊若無kā三--哥顧好，伊就害--ah，忠國
人ê手段粗殘伊m̄是m̄知，ná想清汗直直流，我tī邊--a看kah
一清二楚--leh。不而過，福生chit个人性bái tī chia，真好玄，
伊想beh知影三--哥過去所做ê代誌。就是án-ne，chiah來引起
烏狗派人暗殺。

　　「Siáng kā你講解嚴--ah！」

　　「等--leh，你無收音--hohⁿ，無，chiah thang接sòa講--落。」

　　有一暝阿三koh做夢--ah，雖bóng藥仔有食。總--是，惡
夢內底ê烏影一个koh一个e-e-kheh-kheh倚來伊ê身邊，伊拳頭

拇 tēⁿ-ân-ân 舂伊家己 ê 頭殼，雙跤直直 thún，beh 說服家己 che 一切 lóng 是假--ê。福生 kā 伊注兩枝射 mā 無伊 ê 法。

「Lín mài koh 來--ah。我無做阿山兵仔 chiâⁿ 久--ah。」Mā kan-taⁿ tī 做夢 ê 時，阿三 chiah 想起伊過去做--過 ê lah-sap 代。伊命令官兵用銃尾刀 kā hia-ê 無辜 ê 市民手蹄 chhák 一空，thang 好 kǹg 鐵線，一个 tòe 一个。阿三徛 tī jì-puh 仔頂 koân，ná 放送講 chia-ê 台灣人是反叛者 ná 押 chia-ê 人遊街，tit-beh 來 tī 火車頭銃決，叫逐家出來看。一般民眾其實 m̄ 敢看，soah 無看 bē-sái--得，因為無的確 ē hông 當做是全黨--ê。你若斟酌看 hia 內底 koh 有囡仔，夭壽--oh，雙手血流血滴。有 ê 家屬看家己 ê 親人 beh hông 拖去銃決 mā kan-taⁿ 目睭金金看，三工過 chiah 偷偷仔去收屍。是--lah，阮有影真可惡，我 mā 是真無願意，tī hit 個時代……。

你無收音--hohⁿ？

好，我 koh 繼續講--落-去。三--哥 leh hoah-hiu，hō͘ 我 mā 驚 kah，到 taⁿ 我耳空邊不時 mā koh 聽有。Chín 想--起-來，伊真好死，無像我到 taⁿ hiah 落魄，koh hō͘ 你質詢，koh 凌遲我家己一擺。Kám bē-tàng 過去--ê 放 hō͘ 過--去？等我百歲年老 chiah 公開？

「我要殺死你們，管你們是人是鬼。」

「林界你再來啊，想再死一次嗎？凃光明、范滄榕、曾豐明你們都一起上吧！老子子彈可多得是。」

「顏再策你這個小三八蛋死了還那個皇民樣，看我刺刀不把你身上多刺幾個窟窿，我便叫你老子。」

「黃賜、許秋粽、王石定、陳金能……一起來吧！」

「……」

「門外面躲誰在那？別抓我兒子呀，操你娘的，不知道我是蔣中歪的誰嗎？」

福生醫師當然 m̄ 敢 kā chia-ê 話寫--出-去，無--者，m̄ 是阿三 ài 死，hām 伊 mā ē hông 處理掉。伊 mā 是間接 án-ne chiah 知二二八 ê 事實。總--是，伊心內想 che kap 伊 àh 無 tī 代--啊。凡若阿三發作 ê 時，伊 lóng kā 其他 ê 人 hiàm 走沓沓仔聽阿三起痟煞，chiah thang 安心仔離開。當然伊 mā 對 hia-ê 受難者，感覺真悲哀，不而過病院 iáu leh 戒嚴--neh，門口 hit 個烏衫人是 siáng，伊 iáu 是激恬恬 khah 無 báng。Che mā 是 thǹg 著 lán 忠國人 ê 個性。

你確定無收音--hohⁿ，khah 細膩--leh，戒嚴無影結束--lah。

高雄中學阮 bat 去--過--無？He 壁一空一空是啥？你 taⁿ mā 好--ah！M̄ bat 攑銃，笑死人 chit-má 3、40 歲 m̄ bat 做過兵--ê 一大堆！阮少年 16、18 就摃大炮--ah。He 一空一空就是銃子 tōaⁿ--ê--lah，hit 時高雄中學學生有影 m̄ 驚死，敢 kap 阮 chhiàng，有 ê koh 是穿 hit-lō 日本兵仔衫，逐个 lóng mā hō͘ 阿三 tōaⁿ-tōaⁿ--死，看 lín 偌勇！有--lah，一開始伊拄看--著 ê 時，mā 驚一 tiô，隨下令 kō͘ 大炮挵--ah，hia-ê 炮子 gōa 大粒--leh。Hia-ê

皇民眞有武士精神，無啥武器 mā 敢 kap 阮 chhia 拚？

啥？利用外省人擋銃子？你愛講笑。我人到現場 ê 時，人 lóng 走了了--ah。顏再策--oh，是爲著 beh 救火車頭地下道 ê 民眾 chiah 死--ê。Hia-ê〈學生軍組織表——臺灣革命軍高雄支隊編制系統〉、〈三三暴動計畫〉、〈告親愛的同胞書〉kap〈高雄學生聯合軍本部關防〉ê 文書 lóng 是阿三交代我編--ê，hau-siâu--ê--lah。Hia-ê 學生兵 kan-taⁿ beh 維持地方 ê 治安 niâ，koh 保護 chiâⁿ 濟外省人--leh。

He 銃佗位來--ê--oh？無--lah，hia-ê 學生 lóng mā 是 khioh 日本時代上軍訓課留--落-來--ê。無，你去問樓跤 hit-lō 病床 168 號，伊人 chín 頭殼比我 khah bái to 有影。病院內底 chiâⁿ 濟人 lóng 有參與--著，he 是你，我 chiah 偷偷仔 kā 你講，我已經有歲--ah，無差--lah。

阿三親像 án-ne 吵 beh 兩、三點鐘--ah，已經 beh 半個月--ah。福生 tī 眠床頂 péng 來 péng 去，雄雄影著一个人徛 tī 伊 ê 眠床墘，chhoah 一 tiô chhǎⁿ 精神--起-來。你是 siáng？Beh 創啥？福生心內直直起畏寒，想 beh kā 伊看斟酌 koh 驚驚，房間內暗 bong-si-sa soah 直直看無伊生張是圓 iah 扁。

「報告主帥，彭猛不辱使命完成 *Takaro* 鎮壓，想必這些皇民不敢造次。」

福生心內 tám-tám mā kā 手強 tu 去 tioh 電火，火一下光，看著險險昏--去。Chit 个人穿一軀草仔色 ê 兵仔衫掛短褲，兩片

lak 袋仔 lóng 插一枝弓蕉，腰 hâ 一條 é-suh 腰帶頂 koân 掛四、五包生理鹽水，兩三粒柑仔縛 tī 倒手爿胸坎，頭殼戴一跤面桶，正跤是穿軍靴，倒爿是穿 hit 時時行 ê 藍白淺拖，倒手攑一枝布 lù 仔，正手行徛禮。

「三 -- 哥，mài 鬧 --ah。Chín 半暝 3 點 --neh。」Hit 个人猶原徛 thêng-thêng 無應福生一句。時間親像堅凍全款。

雄雄，chit 个人大聲 jiáng：「給我扔手榴彈，炸死那些市議員，快給我用機關槍掃他媽的一個都不留！」伊直直 hoah、直直 hoah，雙手 kā 布 lù 仔徛橫 ná phâng 一枝銃，就像 hit 个電影明星「Án-ná sí mā sèng-keh」，ǹg 福生 hit 爿直直掃射，福生一時 mā m̄ 知 beh 按怎 chiah 好，mā 無人來 tàu-saⁿ-kāng。

尾 --à，福生 m̄ 知影按怎拍，he 學 -- 來 ê 浙江腔支那話 kā hiàm：「彭猛，你娘地活地不耐煩嘿（*Phêng-mòng, nê niâ tī hôe tì pû naî-oân--hehⁿ*）。」阿三一下聽 -- 著 liam-mi 徛 thêng，越頭 tńg，一路三七步布 lù 仔直直舞，án-ne ǹg 前 thuh、ǹg 前 chhák。福生 kan-taⁿ 看伊 ê kha-chiah-phiaⁿ 離開，kā hoah mā 無回頭。

是護士來叫，福生 chiah 知 he 是伊 leh 做夢。阿三 kám 是人 leh 講 ê *Takaro* 殺人魔彭猛？伊 m̄ 是去米國 --ah？Thài 有可能 iáu tī 台灣？Kám 講頂頭 ê 意思就是 beh 叫伊來 kā 監視？若 m̄ 是護士 leh 催 beh 去巡房，伊 iáu leh 思考 chit 層代誌。

「拍阿山 --oh，拍 hō 死，lán 台灣人徛 -- 出 - 來，bē-tàng hō

豬仔看衰siâu。」

「門外口hit个人是siáng？你beh創啥？掠阮後生beh創啥？」

自從福生hit工做夢了，阿三m̄知去佗位學ê台語不止仔liàn-tńg，規个人mā變相，gŏa-nī仔「本土」、「愛台灣」--leh。

「台灣人ài自決、ài獨立！」

凡勢是chit句話引起頂頭ê注意。你ài知--neh，he烏影人不時bih tī佗位leh監視，chín iáu leh戒嚴--lah。

你有影無錄音--hohⁿ？

二七部隊--o͘h，che我khah m̄知，你ài去問病床543，伊就是陳義。He代誌lóng伊處理--ê。台中南投死chiâⁿ濟，無--no͘h，m̄是台灣人死chiâⁿ濟，是支那兵仔死chiâⁿ濟。*Hŏng-tó-ni*？聽無？有影--lah，hia-ê台灣人氣魄十足，koh kap原住民、客人合齊對抗。In若擋khah久--hohⁿ，無的確hehⁿ-hehⁿ……。揣無病床？哈哈，當然--ê--啊，543是tī太平間ê號碼--lah。Chit个豬仔義--ā，得失銀角仔頂面hit个ê因端，hông拖去「piáng、piáng」--ah。

## 寄bē出--去ê遺書

He mā是你beh問--我，我chiah beh講--ê，lán lóng台灣人，阮信你ē得過。你mài收音，lín做狗仔chit个習慣眞bái，比阮

chit-má 做 jiàu-pê 仔 koh-khah 厲害。我知--ê lóng 講 hō 你知，你 mài 講--出-去，上無，ài 等我退休金領--著 chiah 講。我入去病院 ê 時，接阮老爸 ê khoeh，無偌久福生醫師已經 hông 掠--去--ah。

Beh 坐 tī tah 清彩--你，我無啥好請--你，錢先提 hō--我，lán chiah káng！好--lah，我無阮老爸大心 khùi，算 khah 差不多就好--lah。阮 chia 是 khah iap-phiah，你竟然揣ē著。

你 beh 問福生醫師 chín 人 tī 佗位--oh？所有 ê 人 lóng 認為伊起痟--ah，hām 頂 koân ê 人 mā 認為阿三 kā 二二八 ê 眞相走漏 hō 知，伊 chiah 開始逃亡。Tiȯh--lah，不時 mā leh 戒嚴。Hit 時二二八事件，應該是二二七事件，白色恐怖 lóng mā án-ne。Chiâⁿ 濟逃亡--ê，無走就是死。走，koh thang 拚一口 khùi，做人 ê 尊嚴。我 kā 你講 lín 台灣人--oh，m̄-thang 認為人權免流血、免犧牲，就 thang ùi 天頂 lak--落-來。無--noh，我是 m̄ 是台灣人？無，你是 leh 三八，lán 極 ke 是忠國台灣人--lah。

逐工面對痟--ê，kám bē 痟？我看是 chiâⁿ 困難--lah。

Hit 工福生 koh 來巡房，阿三一下看著伊，就叫：「福生--啊，人我腹肚 chiok iau--ê，kám 有好食--ê？」

「三--哥，你 tú-chiah chiah 食了--neh，你 bē 記--得--ah？」福生 àⁿ 腰應阿三 ê 時，目尾 lió 著床頭跤一跤軍靴园 tī 面桶頂 koân，一條 é-suh 腰帶，一軀兵仔衫，soah 雄雄 kha-chiah-phiaⁿ hō 一 chūn 生清風鑽--入-來，心肝 tiuh--一-下。Kám 講 he m̄ 是

夢？福生顧三--哥 hiah 久 koh m̄ bat 看過 chia-ê mih 件。是啥人提hō--伊--ê？伊越頭請護士 kā mih 件收收 --leh，講 chia-ê mih ē 影響三--哥 ê 病情。

自 hit 工開始，福生不時夢著 hit 个全副武裝 ê 人，有時講伊看著 hit 个人提一 kǹg 人頭 tī 伊 ê 房間拍箍 sèh 直直 hoah beh 討命。福生原底勇壯 ê 體格 soah 一日過一日愈來愈消瘦。

隔幾若工去巡房，阿三一下看，「我 ê 心肝囝，你哪 ē 變kah án-ne 生？」

「三--哥，別鬧了，俺誰你兒子，最近過怎麼著？我最近不知怎麼搞地一直做一個很奇怪的夢。」

「是 m̄ 是一个光頭穿軍服，威風凜凜 ê 模樣？」

「伊哪 ē 知，伊是 siáng？」

「伊是忠國人 ê 救星。」

「那一群討命人是誰，他在命令誰？」

「這不能說的祕密，兒子。不能讓台灣人知影，外口有憲兵！」

阿三用伊無力軟 kô ê 手 kā iàt，親像有話 beh kā 講，伊腰àn--落 - 來，聽伊講。

「你要小心呀，他們一直都在，一直都戒嚴。不要相信忠國人呀。是我該被審判的時候了。他們來找我討命了。」

等到隔日巡房 ê 時，阿三 hông 發現 tī 眠床頂死 -- 去。嚨喉內 that 三粒柑仔，伊 ê 穿插 kap 福生夢 -- 著 ê hit 个穿插奇怪 ê 兵

仔一模一樣。M̄知佗位來ê一陣烏衫人，徛tī命案ê現場駐守，一人一枝65K2步銃，目睭gîn-ò̤ⁿ-ò̤ⁿ，bē輸是軍事重地，in mā kā福生所有ê醫療記錄lóng收收做一跤箱仔，準備beh展開調查。當然，第一嫌疑犯就是福生。

啥？動機？你有影愛講笑。你m̄是mā有leh研究白色恐怖--leh？你做狗仔kám免先做功課？

後--來chit幾冬，福生已經到無食愛睏藥仔睏bē去ê程度--ah，伊交hō̤頂面ê報告開始寫一寡有--ê無--ê，竟然講beh拆除所有lán忠國人救星ê銅像，che mā造成伊後--來開始逃亡ê運命。你ài知--neh，不管siáng，不時mā ài注意烏影人kám有tòe tī後壁。台灣ê根底已經hō̤忠國白蟻蛀beh了了--ah，mài怪--阮，che是亂世出英雄！

Hit暝病院ná死城，福生直直hoah救人，無人應答。伊回想起阿三leh起痟ê時，伊就ē趕去kā伊注鎮靜劑ê情境，是講無人thang救--伊。Che kám是伊leh做夢？伊看著阿三指揮憲兵kā一群百姓開銃，hia-ê百姓排一排，tòe銃聲一个一个倒--落-去，阿三直直笑，伊mā直直笑。「兒子啊，你老子幹這種事最在行。」

福生根本無法度相信夢中hit个人就是伊家己，koh有阿三就是彭猛。

「福生，換你了。」聽著chit句，伊chiah驚醒。

伊醒--起-來ê時，已經tī樓跤祕密審問房--ah。無--noh，

chit 个所在 lóng 一直有，kan-taⁿ 幾个人知 niâ。

　　Chit 陣憲兵趁伊 leh 睏，kā 伊手縛 tī kha-chiah 後，直直起跤 kā làm，攑銃 thuh 捅胸坎，伊 ê 喙齒兩排 chiâu 斷。伊已經 bē 記--得，hông 掠來幾工--ah。

　　其中一个憲兵歹 chhèng-chhèng 大聲 jiáng：「講，你是 m̄ 是 kā 彭豬講 ê 話洩漏--出-去！」

　　「我不知道，我啥都不知道。誰是彭豬？我不認識呀。」

　　「你 m̄ khah 巴結--leh，討皮疼--nih！」

　　「我什麼都沒有，我又沒有犯錯，憑什麼要我巴結你！」

　　Hit 陣憲兵 kā 福生寫 ê 一疊厚厚 ê 醫療報告大力摔 tī 桌頂，內底每一頁寫滿滿 lóng 是彭猛按怎執行二二八期間 ê 屠殺，koh 有探討忠國人 ài 按怎殖民台灣人 ê 計畫。

　　「講，hia-ê 祕密 ê 代誌你是 m̄ 是刁工收集--ê，準備 beh 交 hō͘ 台獨聯盟？你若 kā 名單交--出-來，阮 ē-tàng 放你一條生路。」

　　「是上面派我來的，我什麼都不知道，是阿三說的。」

　　「白賊，阿三已經死 chiâⁿ 濟多--ah。講，siáng 是你全黨？你按怎聯絡？」

　　因爲福生無法度交代清楚，in kā 伊十肢 chéng 頭仔 ê chéng 甲 kō͘ ngeh 仔一个一个 chhoah--落-來。He 慘叫聲是我聽--過上悽慘--ê。伊算是巧，落尾交出兩个人名 hō͘--阮，後--來 chiah 知是伊故意寫檢察官戴銀生 kap 書記官劉偉森 ê 名。當然，in koh hō͘ 伊一頓粗飽。

後--來--oh，福生逃走有成功，鐵窗兩枝欄杆鋸hō斷，
koh用樹奶糖糊--起-來，lóng無hông發現。落尾，趁一日風颱
天半暝，hō soan--去--ah。頂頭知了後，當然受氣--啊。是講，
你ài知--neh，戒嚴--neh，beh掠siáng lóng mā ē-tàng，福生kan-
taⁿ是一个名niâ。你mā ē-tàng做福生--啊，哈哈，生ē-tàng改
死--啊。

好--lah，福生逃亡第三工，就hō阮掠--tńg-來--ah。Ài怨
伊重情義，beh偷渡出海進前koh走tńg去厝內，見序大人拜
別。提早收著情報ê憲兵，已經tī巷頭巷尾chiú-tiâu-tiâu--ah，
未chêng踏入門戶tēng，就hō阮khòk--起-來--ah。我iáu ē記得
in某、in序大人tòe阮車後直直走，ná走ná hoah：「福生--啊，
我心肝仔囝--啊⋯⋯。」

啥，kám bat看過伊ê遺書？無--neh，你講是阿偏--a政府
開放白色恐怖受難者檔案--ê！啥，解嚴--ah！Aihⁿ，時代的確
有leh變化，緊choàh慢niâ。不而過，總有阮ê法度。In兜ê人
收--著ê時已經過30多--ah！In某已經死--去--ah！我聽著你
án-ne講，有影--lah，是人mā ē感覺心疼。伊是寫啥？我掛目
鏡hō我影--一-下。

素珍：

為救民族國家而戰，吾犯大錯。Sò-tin，sim-ài--ê，góa
chhun bô gōa-chē sî-kan--ah，kan-taⁿ kō chit tioⁿ phoe-sìn kap

lí sio-sî，我不對，不應該顛覆國家，企圖造反，góa tùi-put-khí lí kap lí pak-tó͘-lāi ê gín-á。我只有死才能表達我的懺悔，góa ê sim-chiaⁿ chin ho̍k-cha̍p，願我們偉大的領導，góa m̄ kiaⁿ sí，kan-taⁿ sim-lāi kòa-gāi lí kap gín-á niâ，能夠原諒我，ǹg-bāng lí ē-tàng hó-hó-á chhiâⁿ-ióng lán ê gín-á，hō͘ i siū kàu-io̍k，我所做的一切都是我個人問題，góa kám-kak i í-āu ē-tàng chò 1 ê chiaⁿ hó ê kho-ha̍k-ka，lí ài bián-lē--i，tong-jiân，跟我家人無關，che sī góa ka-tī khang-su-bāng-sióng niâ。

最後，該是告別了。Chhiáⁿ lí koh-chài kè，m̄-thang ūi góa tam-gō͘ chheng-chhun，gín-á mā su-iàu lāu-pē chiah sī 1 ê kiān-khong ê ka-têng。要認同國家統一，góa ē tiāⁿ-tiāⁿ tńg-khì khòaⁿ--lín。Ài ē kì--tit，tui-kiû 1 ê hēng-hok ê jîn-seng。Góa só͘-ū ê chu-liāu lóng ài sio-tiāu，勿念。

Le̍k-sú ē hâiⁿ lán kong-tō，chit tioⁿ phoe tō sī kan-chèng。遺言。

**（審閱：學員在練習英文！）**

Tâi-oân-lâng ài kak-chhéⁿ。

福生，1981/5/25

玉芬：

Hun，我親愛的心肝，lán iáu-bōe kìⁿ kòe bīn，góa tō tī lāi-lî-á--ah，我們的國家很偉大，sè-kan chóaⁿ-iōⁿ ū hiah pichhám ê tāi-chì。你以後要好好讀書報效國家對我們的恩典，願主看顧你。Che sī góa chò 1 ê lāu-pē siōng kiàn-siàu ê tāi-chì。這封信可能你還小看不太懂，請你母親唸給你聽吧！M̄-thang siong-sìn hia-ê êng-á-ōe，a-pa sī hông hām-hāi--ê，lí ài tùi a-pa ū sìn-sim，a-pa sī thè lán Tâi-oân-lâng chhut-siaⁿ，lí í-āu tō chai a-pa sī góa ài--lí。要做個堂堂正正的人。該是離別的時候，我該走了。A-pa ē tiāⁿ-tiāⁿ tńg-lâi khòaⁿ--lí，khòaⁿ lí thàk-chheh，chhut siā-hōe，chò khang-khòe，kiat-hun⋯ it-tit tī lí sin-khu-piⁿ pôe-phōaⁿ--lí。Sî-kan kàu ê sî，lán tiāⁿ-tiȯh ē kìⁿ-bīn。

Ài hó-hó-á chiàu-kò͘ lín lāu-bú。主席萬歲，服從政府領導。

**（審閱：學員在練習英文！）**

父筆　福生，1981/5/25

　　我有影讀無英文，看--起-來伊有藏寡密碼，hia-ê特務mā是飯桶，萬萬想bē到chia-ê mih有出土ê一工。Chit張koh是啥？「柯福生死刑，餘如擬，瑪瑛丸,注。」是--lah，kám講伊原底iáu有機會活--leh？Che kap阮無tī代，你ài知--neh，法院是忠國黨開--ê，忠國chit-má是kap「萬惡的共匪」鬥陣--neh，che 70外多來，早就反症--ah。

　　你khah拜託--leh，講未來絕對ē改變！你lóng m̄知獨裁者ē進化，一代比一代koh-khah cheng-chông。啊lín少年--ê，kám tòe ē著 in？忠國人講--ê：「Sek sî-bū--chiá ûi chùn-kiat。」講啥最近 beh 發動圓仔花運動，beh 要求政府調查忠國白蟻 tī 台灣ê柱仔跤，結果先叫逐家 kā 塗跤 pùn-sò 掃掃--leh chiah 遊行。像你 án-ne 叫做「顛覆國家」，你 kám m̄ 驚我 kā 你 jiàu--出-來？啥，已經解嚴--ah。你有影 khah chín，lóng 無看新聞？

你講伊ê墓舊年 tī 三塊厝 hông 發現？是有影 iah 無影？He chiân 久ê代誌--ah。Hit 時我 iáu 少年，頂 koân 按怎交代，阮按怎做。確實，領屍ê時，家屬 mā ài 來 o͘-se，無，早 to lóng 用草蓆包包--leh，送--出-去--ah。埋 tī 佗、有埋無埋我確實 m̄ 知，che m̄ 是我ê業務。你免 hit 種眼神看--我，我 mā 是討一喙飯食。無，hō͘ tōaⁿ ê人是我。

我最後看著福生是啥 mih 時 chūn？我記才有影 khah 無好，不而過，應該是偏--a hông 掠去關 hit 冬，chiok 久--ah--lah。

你 koh beh 繼續問--oh？阮哪 ē 知影 hiah 濟？哈，kám ē-tàng 到 chia 就好？阮老爸 iáu 想 beh 活 khah 久--leh。伊 kap 阿三啥 mih 關係？阿三到底是 siáng？你是狗仔--oh！阮是 m̄ 是外省人，無--啊，我台語 bē-bái--hohⁿ？是--lah，阮爸仔团是倚靠黨 leh 生存--ê！Chiân 濟代誌，就親像阮 chit 途講--ê，哈哈，忠國人有一句話：「天機不可洩漏，thian-ki put-khó siap-lāu。」你確定無人 tòe tī 你ê kha-chhng 後？Bē？Hehⁿ-hehⁿ，白色恐怖已經過--ah？

## 最後 ê chhiau 揣

最近我發現有烏衫人 leh tòe 我 ê kha-chhng 後，tī 性命 ê 尾路，chhiau 揣著家己老爸 ê 事蹟，算是功德圓滿 --ah。我 m̄ 驚死，橫直我癌症尾期，已經是半个死人 --ah。Mā 是 án-ne，ǹg 望我所寫 ê 事蹟有人來 tàu chhiau 揣，替過去無辜 ê 受難者伸冤。

阮老母到死 lóng 無看著 chit 張批，伊甚至 m̄ 知老爸死 tī toeh，埋 tī toeh。老母死進前已經 bē 認得人 --ah。伊 tiāⁿ-tiāⁿ 半暝三不五時起來徛 tī 窗仔邊看外口講「in koh 來 --ah」，我去看 ê 時 soah hām 一个影 to 無，後 -- 來我 chiah 知 che m̄ 是 kan-taⁿ 伊烏白想 --ê。自細漢 bat 代誌開始，伊就直直 hoan 咐我 m̄-thang kap 政治有交 chhap，任何 kap 政治有關係 --ê lóng ài 閃 kah 遠遠遠，政治真真假假 lóng 真 oh 分 ē 清。

「是按怎我 beh 揣 in 問 kah 一枝柄 thang 夯？」Che mā 是我想 beh 問 ê 問題，是按怎我出世就無老爸，tī 生長 ê 過程是按怎 hông 欺負、hông 看無。看著遺書 ê 時，我 chiah 去了解啥 mih 是二二八、白色恐怖 koh 有目前忠國白蟻 ê 問題。我做一个台灣人有影真見笑。幾若多前，開始知影 in 蹛 ê 所在，我就趕 bē 得緊來揣 --in。我 ê 心情是真複雜。

總 -- 是，我 koh ē-tàng 做啥？In 絕對 m̄ 相信，mā 料 bē 到我是柯福生 ê 查某囝，我 mā 無想 beh chhàk 破，in thài ē 體會阮 ê 心情 --leh。就親像阮老爸講 --ê，歷史 ē hō͘ 伊一个交代，我 mā

應該對阮老爸有一个交代。我 beh 用我賰無偌久 ê 時間 hō͘ koh-khah 濟人來了解 lán 台灣人 ê 歷史……。

我哪 ē 感覺我 ê 時間愈來愈無夠用，死神是 m̄ 是 ē 提早來？……最近不時 tòe tī 我 kha-chhng 後 ê 烏衫人無的確是發現我 ê 身份 --ah，發現我 beh kā in ê 祕密講 -- 出 - 來。我 ài 堅強……，我一定 ài kā chit 件代誌公開。

2021/5/20 新聞報導：
昨日一位約 50 歲婦人獨自騎機車，行經高雄過港隧道過彎時，疑似精神不濟自摔，撞擊對向護欄後，送醫搶救不治死亡。警方從她身上找到一封漢羅夾雜古文，將請求知名語言歷史學者劉承賢教授協助。

2021/5/21 新聞報導：
昨日南部榮民之家一對父子檔患者疑似半夜發生爭吵，互相毆打，兩人紛紛從六樓跌落，送醫搶救仍不治死亡。院方出面表示這是單純一件家庭紛爭，與院方安全管理無關，院方願意在人道上予以扶助其身後事及喪葬所費全額概括承受。

# PP基因新突變

Chit篇beh講--ê，m̄是小說hàm古，是chiâⁿ實ê故事。

政治界ê代誌，我無眞bat，he若m̄是因爲選舉ê關係，chit層代誌mā bē出破。人講政治m̄-thang bak，一下bak--著就無法度koh再清白。我leh想，m̄是政治ê問題，是人無法度維持éng過ê熱性，顚倒hō名利am-khàm理智。

PP基因chit項發現，早期應該kan-taⁿ兩種人知影。第一種人免我ke話，跤頭趺想就知是有leh讀上新ê醫學進展ê人。第二種，mā是少數。你kám有leh讀tī加拿大做醫生ê陳雷ê作品？[1]做醫生是伊ê興趣，寫台語小說chiah是伊ê正職。有讀過伊ê醫學小說ê人就知，PP基因有三種，讀者若m̄是讀醫--ê眞oh解soeh。

總講--一-句，che基因有嚴重擾亂民主、破壞法制ê功能。醫學新知，一般人khah無機會接觸，啊若台語小說，koh

---

1　詳細看陳雷，醫學論文〈PP基因〉，刊tī海翁醫學期刊第四期（2013.03），金安專賣出版發行。

愈無人 hiù-siâu。所致，少人知影 che 基因嚴重 ê 欠點，mā 無去預防。就是因為 án-ne，chiah 有後 -- 來 ê 基因突變事件。Khah hiau-hēng--ê 是，知影 che 代誌 ê 人差不多 lóng hông 暗殺 -- 去 --ah。

　　阿文 ê 知名度照理講 mā 是政治 ê 產物，是有人 chèⁿ 兩黨平 àu，chiah thang 有伊出頭；有人 ná tòe 歌星、影星全款，kah 意就是 kah 意，免想 sioⁿ 濟，愛就愛。Che lóng thang chiâⁿ 做真好 ê 社會科學研究題目。Tī chia，lán 感覺上主要 --ê 是伊個人真特殊 ê 癖，就是頂 koân 講 ê 基因。Chia koh 再講一擺，若無阿雷兄 hit 篇，我可能無法度牽著 chit 項發現。我公開，m̄ 是致意 beh 搶 Nơ-bé-luh 獎，是 ǹg 望台灣未來 koh-khah 好，m̄-thang 直直 hō͘ láu 仔控制 lán ê 未來。若愈濟人知影 che 突變基因 ê 厲害，認清佇一位政客 tài che 暗病，政治 ê 水池仔 mài hō͘ in 去 lā，án-ne 就是我 ê 榮光。

　　突變是需要環境刺激，長期沓沓仔起酵，拆白講有先天基因因素，有後天環境起致。Beh chhap 政治，tiòh-ài tiāⁿ-tiāⁿ kap 政治人來往，當然有時政治人需要人 thīn，in 普遍有真敏感 ê 神經，知影佇一个人 ē thīn bē thīn、ē phô͘ bē phô͘。Che 阿文道行愈 koân，落尾，醫生 bē giàn 做，直接拚市長選舉，koh 連 sòa tiâu 兩屆。設使你 bat 認真讀過陳雷博士 ê 報告，就知 che 突變基因 ê 厲害，tī chia lán 就 m̄ 好重複。

　　阿文原底是一个 bē-hiáu 開刀 ê 外科醫師，che m̄ 是笑詼，是事實。總 -- 是，m̄-thang kâng 笑，上有名 ê「Iáp-khik-móh」

是伊一手打造，chiah thang挽救千萬條性命。有chit項絕技，江湖社會sì-kè傳，愈來愈濟政治人物就指名hō͘伊看。破病發燒、心臟無爽快、四肢無力、血壓chhèng-koân、胸坎chhat-chhat……，khah嚴重--ê像換心、換肺、換腰子等等，揣阿文用「*Ia̍p-khik-mo̍h*」就liam-mi好勢好勢出院。「*Ia̍p-khik-mo̍h*」是有啥大路用，m̄是lán chia beh講ê重點，有興趣家己*gu*--一-下就知。

阿文講話khah gia̍t、khah條直，敢講、m̄驚得失--人，有伊眞特殊ê khùi口，tiān-tiān有kap人無仝ê見解，che mā引起媒體sio爭beh報。所致，愈來愈濟m̄是醫學方面ê議題，記者mā lóng來問伊ê看法。親像核能議題，講「核廢料就是kā糞口thīⁿ--起-來，直直飼你食mi̍h件」，親像九二共識，講che就是「下跪求饒恕」……。時間一下久，阿文ê名聲tī政治人物之間愈來愈iāng，逐家sio爭beh kap伊牽絪挽豆藤，看有互通利益--無。

有一kái，媒體訪問--伊：「你tiāⁿ-tiāⁿ講家己智商koân，是按怎聯考考兩擺chiah考tiâu？」伊應講：「Hmh，你to m̄知--leh，智商mā tio̍h需要失敗ê刺激chiah thang突破提升。也就是án-ne，我ê意志m̄是一般人ē-tàng比--ê。」有一冬，阿文流年眞bái，因爲伊kap綠--ê行sioⁿ倚，替阿扁--à出頭，講身軀頂ê銃傷是眞--ê。就án-ne，bē直--ah，藍--ê khí-mơ bái，刁工挖空beh hō͘跳，講伊偷iap助理費，開銷烏白報。一時通人議論，

採訪--伊，辦公室門口記者不時一大堆。阿文無改伊講話ê
khùi口：「Che就是政治暴力，國家機器leh運作，我阿文做代
誌一向清清白白，bē去kā人lām-sám來，beh信m̄信，清彩--
lín。」

有一日，實在hông問kah忝--ah，採訪lóng the辭，tńg去
舊厝看爸母。阿母tng-leh看電視伊hông訪問ê對話，心肝鬱氣
積tiâu--leh，看伊tńg--來隨kā電視切--起-來。

「我心肝仔，你人無爽快--nih？」

「無--lah，母--à，tńg來lau-lau sėh-sėh、看看--leh。最近--
hohⁿ，電視khah mài看，khah免惱氣。」

「文--ā，母--à kā你交代，做醫生你mā是聽我--ê，chiah有
今仔日。你koh聽我一句，去kap人chhap政治！」阿文聽一下
隨gāng--去，雄雄ná hō一粒石頭kiat--著，話吐bē出--來，目
睭吊天仁，káⁿ-ná心魂走無--去。

Hit日，阿文母--à話講--出-去了，soah感覺後悔，叫囝
chhap政治mā是伊一時想--ê，無斟酌想--過。暗頭仔，飯食bē
落，茶湯lim濟，睏無好，不時péng身起落走便所。發--à hō
伊án-ne舞，坐起來問伊啥代誌，英--a chiah kā che想法tháu hō
聽。

發--à一下聽，mā恬--去--ah，無chhap英--a，無應伊半句
一字，越頭倒leh睏。不而過，喙角ná食著甜，微微仔tiuh--leh
tiuh--leh，無人知影伊leh想啥，一个真大膽ê想法tī伊頭殼碗

仔 leh tńg-se̍h。英 --a 看伊無應，m̄ 敢 koh 講，掠做翁婿受氣，
驚一下趕緊 bih tī 棉被內睏，大 khùi m̄ 敢喘一下。寒 -- 人，庄
跤地靈 khah 輕，有影 khah 好入夢，無偌久兩人睏 kah 十三天
外。暗時，一个血 sai-sai ê 老人，行倚來 in 眠床，拐仔攑 koân-
koân 就 ùi 眠床頂大力損、大力 mau。兩人疼一下大聲哀，目睭
peh 金，日頭早就曝到亭仔跤，原來是夢。

　　透早，兩个翁仔某，規身烏青一大堆，hia 腫 chia 腫，腰
骨痠疼。兩人 sio 問是按怎，chiah 發現 lóng 做全款 ê 夢，比現
實 koh-khah 眞 ê 夢。Hit 位老人是啥人，佗位 ê 冤親債主，sa 無
頭 cháng。發 --à 想想 --leh 無啥 tùi-tâng，叫 in 某去備辦三牲四果
祭祖，點清香 poa̍h-poe 跪拜。隔工暝，tng 好睏，hit 个老人 koh
來，無講無 tàⁿ，拐仔攑 --leh koh 大力損、大力 mau。兩个翁仔
某 chit kái m̄ 敢 phū-chhèng，隨落眠床就跪，「阿爸，mài 受氣！」

　　老人講：「Lín 不孝！」「阮佗位不孝？阮 chhiāⁿ 養囝眞成
功，做台大名醫師，記者 sio 爭採訪，政治人物 mā sio 爭攛伊
徛台。」「Lín gōng--ah，án-ne kám 有 khah-choa̍h？做醫師 kám ē
比 chhap 政治輕可？Kám ē hông 告？現 chhun 時機到　ah，lán 兜
beh 出 gâu 人 --ah。Lín 眞 bē-hiáu 想！」「Chhap 政治？」發 --à chit
時 chiah 醒悟，kā 阿爸問按怎做。「做永遠 ê 政治家，有名 koh
有利，上 kài 風神。Lán 兜有眞特殊 ê 基因天份，chit-chhun 是上
好 ê 時機。無把握，就無後擺 --ah。」講了，兩个翁某隨精神
sio 看，in koh 做全一个夢。兩个無等天光，就 leh 討論按怎安排，

直直到 bâ 霧光。

　　發--à隨 khà 電話叫文--ā tńg--來。Kā 夢 ê 內容講 hō 聽，叫伊去 kap 人選市長。阿文確實有醫學 ê 智識，伊 mā bat 讀過陳雷 ê 醫學報告，眞知先天基因確實有比人 khah 優勢 ê 所在，無適合 ê 時勢就無可能發揮。Khêng 實，前幾日，敏--à叫伊去 chhap 政治 ê 時，伊就開始 leh 評估，凡勢有影是基因本能，眞自動思考分析目前 ê 局勢，按怎做對家己有利。Chit 幾冬媒體 ê 報導已經免錢替伊拍廣告，民眾一向 lóng kah 意有明星特質 ê 政治人物，che 絕對是一个好機會。

　　「藍--ê 若是 beh 繼續操作政治，迫害--我，我就 beh 來選市長。」Chit 句話隨講--出-去，藍--ê chiah 發現慘--ah，bē 輸 kā 一隻 tuh-ku ê 獅仔拍醒，beh 翻頭來咬--伊。根據民調，支持阿文--ê soah 藍--ê、綠--ê lóng 超過百分五外，che 氣勢 chiah 輸阿扁--à hit 時一點點仔 niā-niā。落尾，hām 綠--ê mā 是家己鼻仔摸摸--leh，m̄ 敢派人來選，顚倒 kā 支持。Ke 一个戰友，khah 贏 ke 一个對敵。

　　「我 tiâu--ah、我 tiâu--ah！」開票 hit 暗，票聲開到一半，阿文就 khà hō 爸母講 che 消息，隨放炮仔謝神謝祖先。

　　阿文暢 tī 心內，面仔 mā 是激嚴肅，爲 beh 展現氣魄，chiōⁿ 任就隨 kā 忠孝橋拆掉，眞濟民眾 lóng 感覺選 chit 位市長確實有影無仝。是講，mā 是 chit 个時 chūn 伊 ê 基因開始突變。

　　Hit 年二二八記念日，阿文 chiōⁿ 台致詞講 kah beh 哭 beh 啼，

講in阿公按怎hō國民黨刑，無死賰半條命，tńg--去無偌久就激鬱氣死死--去。台仔跤發--à、英--a聽kah mā tòe leh háu，真濟人mā真怨chheh國民黨ê獨裁。一位穿白衫白褲烏布鞋仔ê人，聽kah ná幌頭ná起愛笑，我感覺真無尊重--人，就行倚--過，請伊m̄-thang án-ne。伊應講：「Che基因開始beh ùi隱性變顯性--ah，準備hō好，無，ē出代誌……」偷偷仔seh一个mih件入去我ê lak袋仔。看--一-下，伊ê名字牌姓蘇孤字名惟，感覺m̄知佗位看--過。

後--來，有朋友參加chit 3、4冬ê二二八記念會，chiah發現阿文講in阿公ê過去，逐冬講--ê lóng無全款，koh死法mā無全chiah感覺怪奇。一下仔講是hông刑--死，一下仔講tiòh肺炎死……死法ê頭尾lóng tàu bē起--來，是m̄是有影kap二二八有牽連真hō人giâu疑。真濟朋友對支持阿文開始感覺是一種錯誤，感覺hō伊騙--去--ah。五大弊案就是真好ê例，進前品--ê無一項做有到。

拄好有一个都合，一對爸母ǹg望in囝有阿文hit款高智商，提錢請我去看kám是ē tàng分析是啥款基因引起--ê，in想beh生像文--ā chit款ê天才。Che是違法--ê，不而過，bē少爸母私下請醫生改造in ê基因。Beh改，就ài有原生ê基因，是講，就算有，若無細膩，ē有真大ê副作用。阮一个同事有機會得著發--à ê血水檢體，就是文--ā in老爸ê檢體，提hō我來做基因解碼ê穡頭。就是án-ne，我chiah查著陳雷兄hit篇PP基因論

文，沿 chit 條線索 koh 揣，chiah 知 hit 年穿白衫白褲烏布鞋仔 ê hit 个人，是一位研究基因 ê 權威——蘇惟。就是伊上早發現 PP 基因是 ē òe-- 人 --ê。

　　總 -- 是，伊 tī 阿文 chiōⁿ 任無偌久，就遇著車厄死亡 --ah。我想起伊 bat 寄 hō 我一粒 *USB*。進前 m̄ bat 拍開。今，開檔案 kā 看，內底全全是 PP 基因相關 ê 研究。落尾，我 koh 進一步發現政治人物 chiah 是 che 基因淡 -- 出 - 去上大 ê 來源。我 bat khà 電話 hō 陳雷兄討論我 ê 發現，che PP 基因 káⁿ-ná 有突變 ê 現象。伊眞久 lóng 無講話，kan-taⁿ 講：「慘 --ah，準備 hō 好，無，ē 出代誌……」

　　Lán 看時代 leh 進步、科技 leh 進步，hām 獨裁 ê 步數 mā ē 進化，親像基因突變。出啥代誌，我 chia 眞 oh koh 講 -- 落 - 去 --ah，lán 朋友若有致意目前政治 ê 變化，大概眞知 lán ê 操煩。Ǹg 望 lán 醫學界 ê 有志 khah 濟人開始致意 chit 款基因，親像前站仔全民綿爛讀論文 án-ne，甚至有才調家己研發疫苗 ê 一工。

　　以上。

# 走票

順--ā拍開冊櫃，將hit本聖經提--落-來，唸：「Lín chia-ê悖逆（pōe-gėk）ê囝兒--啊，tiȯh tńg--來！我beh醫好lín ê悖逆。看--啊，阮來到你chia，因為你是阮ê上帝——耶和華。」順--ā恬恬祈禱，目屎輾--落-來……想起hit件代誌……。

「我老--ah，beh tńg--去ê日子緊--ah。Chit件代無講bē-sái--得。」順--ā聽in阿公倒tī病床leh講，koh不止仔激動。Beh kā阻止koh m̄敢。In阿公過去做派出所所長，官位大，人人驚，伊mā kā厝內當做派出所全款，有時講話親像leh審犯人--leh，無人敢忤逆--伊。順--ā kan-taⁿ ē-tàng恬恬聽伊講。

「柱--ā是hông陷害--ê，hit時我iáu少年，kan-taⁿ想講無我ê代誌，人講啥就啥，照做就tiȯh--ah，況兼看錢伯--à ê面子，良心sáⁿ囥一邊。柱--ā hông判死刑了，我心內淡薄仔bē得過。總--是，m̄知影如何是好，代誌若piak空，我mā有代誌。Lán兜不時koh有穿烏衫ê人徛tī門口sėh來sėh去，beh kā厝--裡ê人háⁿ、監視，實在是無ta-ôa，kan-taⁿ攑筆將我知ê經過寫--落-來。Mih件我囥tī冊櫃，聖經邊--a hit本冊皮kiōng-beh hiauh--起-

來 hit 本就是我 ê 筆記，ǹg 望有一工有人替柱 --ā 洗清枉屈、減輕我 ê 罪孽。」

「60 多 --ah，代誌已經過 60 多 --ah。」

本 chiân 順 --ā 若聽 in 阿公講古，就起愛睏。老人 khah thian-thòh，不時 to 愛講過去代，lóng bē siān。順 --ā chit 時 soah 認眞仔聽，bē 輸 in 阿公 beh 講啥機密 hō-- 伊全款。自細漢就是 hō 阿公飼大漢，老爸老母 tī 伊細漢 ê 時聽講 hō 冤仇人刣 -- 死。伊 bat 怨嘆做派出所所長 ê 阿公是按怎 hiah 無路用，hām 刣 in 後生新婦 ê 兇手 to 無才調掠，hō 伊做孤兒，歹人 soah ē-tàng sì-kè lōa-lōa 趖。總 -- 是，伊了解阿公 ê 無奈，破案哪有可能 hiah 簡單。不管按怎，阿公是伊心內 ê 大英雄，是伊人生上重要 ê 人。

柱 --ā kan-tan ē 記得有人 tùi 伊後 khok mau-- 落 - 去，醒 -- 起 - 來 ê 時 tī 一間辦公室內底，暗 bong-bong，桌仔頂 kan-tan 一 pha 黃 hóan 黃 hóan ê 電火。徛 tī 伊後壁 hit 兩个人叫伊坐 -- 落 - 來，對面一位穿 se-bí-loh ê 先生，應該 lóng 是警察，tàn 幾張相片 hō 伊看，he 是標 --a hông 銃殺 ê 相片。現場鋪排，銃子 kap 銃 koh 有一捆錢，li-li-khok-khok，koh 講 tī 成 --ā ê 皮包仔頂揣著伊 ê 指模印。伊看無 hit 位 se-bí-loh 先生 ê 面容，電火 kā 柱 --ā ê 目睭照 kah peh bē 金，耳鏡 ang-ang 叫，分 bē 清東南西北。

「講！人是 m̄ 是你刣 --ê？你若 m̄ 承認……」柱 --ā 頭眩目暗，親像 tī 夢中全款，想 beh khah 緊醒，脫離 chit 个幻境。Se-bí-loh 先生 ê 奸笑聲 hō 伊聽 kah 起雞母皮，恥笑伊親像一隻跋

落水 ê 狗仝款。

　　Se-bí-loh 先生命令另外兩个警察，輪流 kā 柱 --ā 拍、sai 喙 phòe，用薰頭燒伊 ê 手盤，pín 仔骨斷兩、三枝 iáu m̄ hō 伊歇睏，koh 再攑針插入去指甲茸，伊險險昏死 -- 去。柱 --ā 若昏 -- 去，in 就用冰水 kā chhiâng hō 精神，繼續凌遲 -- 伊。Se-bí-loh 先生喙仔開開，笑 kah chiân 大聲，笑 kah 連 hit 兩个警察 mā 起畏寒，世間竟然有 hiah 粗殘 ê 人。是講，無人有膽拒絕 se-bí-loh 先生 ê 命令，若無聽話，後果是 ē 按怎，taⁿ，看現現 --leh。

　　Che lóng 是政治背後金錢 leh 操作 kap 人 ê 痟貪。你 kā 看，現此時 ê 政治人物 --oh，lóng mā 仝款。內底有偌濟是烏道 leh thīn，chit 點無人敢講，mā 無人敢承認。

　　成 --ā 偷偷仔 tu 兩千箍入門縫，細聲講：「拜託 --leh，錢若 sa，tioh-ài 投 hō 標 --a，lán 講一張票一世情。」柱 --ā 感覺 chiân hàm，政治人物啥 mih 話 to 講 ē 出 -- 來，伊 tùi 二樓窗仔縫 kā 成 --ā ê 面容看斟酌，心內佩服伊做柱仔跤做 kah hiah-nī 負責任，放感情 leh 做。哪 tioh-ài pun？錢直接 lóng 收 -- 落 - 來就好 -- ah，橫直 he 是不義之財。

　　「無問題 --lah，你絕對 tiâu--ê--lah，阮 chit 里 lóng mā 算你 ê，無問題 --lah。」成 --ā tìng 胸坎掛保證 kā 標 --a 講，有喙講 kah 無瀾，beh hō 伊安心。

　　Tī 政治場合看濟 --ah，知影政治話是無 tiāⁿ--ê，場面話總 -- 是 ài 講 hō súi-khùi。選舉是 leh poah-kiáu、poah 家伙、poah 身

命--ê，八字無夠重，tiòh m̄-thang來。柱--ā koh再看見chit場選戰後壁ê烏暗面，想起過去中國歷史內o͘-se食錢ê官場文化竟然tī伊眼前來發生，台灣人愛錢、驚死koh giàn做官kám是hia傳--過-來--ê？

標--a應講：「頂kái選議員吊車尾，險無tiâu。我mā有掖錢，不而過，檢討ê結論是一票比對方減beh一千箍ê關係，濟濟親chiâⁿ朋友lóng án-ne kā投。若是án-ne，無冤枉，chit kái絕對bē koh發生全款ê錯誤。」一切lóng錢伯--à leh主意。

通人知標--a頂kái選後就隨走路，欠銀行錢，還bē出--來。M̄知影現此時koh beh tńg來選，錢是按怎chông--出-來--ê？政治無的確是伊一生ê志向，bē輸無chhap政治規世人ê烏有--去。Che 檢采是百姓 m̄ bat政治ê giàt-khiat仔話koh無ta-ôa。Kan-taⁿ hō͘ hia-ê o͘-ló-bòk-chè ê人舞弄lán ê社會kap環境，巧ê人就ē選ひ倚，弱勢ê人沓沓仔hō͘時代放sak。

啊若成--ā算是一个真成功ê政治人物，尤其是選舉ê時。Hit冬伊選里長，我bat收過伊ê錢，無偌濟，一票200箍，hit時錢厚，一包黃長壽chiah 40箍銀，另外五千箍是hō͘我做保鏢ê錢。里長競爭khah少，kan-taⁿ kā幾戶ê票顧好，就lóng在穩--ê。後--來，市民代表選舉我換做標--a ê保鏢趁所費，一萬箍一個月。標--a tiāⁿ-tiāⁿ來揣成--ā，lóng hō͘柱--ā看--著，標--a有時仔口氣chiâⁿ bái，有時仔口氣koh chiâⁿ好禮，啊若成--ā就親像sùt仔全款，頭仔chhih-chhih m̄敢應一句話。我mā lóng 看 kah 一清二楚。

我知影柱 --ā 一直 tùi 窗仔縫看東看西，hit 時 sioⁿ 過好玄有影 ē 致人命，我 bat kā 警告 -- 過，伊無 leh kā 我信 táu。柱 --ā 就是躊成 --ā in 兜對面 ê hit 間，一樓外口有搭圓栱（oân-kong）型 ê 亭仔。柱 --ā 是讀冊人，lán 知讀冊人死腦筋 lóng 有家己 ê 主見，m̄ 知變竅。伊 tī 三樓讀冊 ê 時，有時讀 kah 半眠，lóng 看見成 --ā kap 標 --a 兩人 leh 談論代誌。

我已經觀察 -- 過 --ah，che 是我做 chit 途 --ê ê 本性，烏道白道 lóng 摸 kah 一清二楚。我知柱 --ā 緊 choàh 慢 ē 惹麻煩，讀冊人道德確實有 khah koân，規腹肚 ê 理想。Khêng 實，選舉 kap 學生囡仔考試 beh 仝 beh 仝，精差有人 ē 提錢 hō-- 人 koh 兼拜託 niâ。講 khah 歹聽，就是揣空縫、行後門。總 -- 是，大人 ê 世界 kap 學校教 --ê 永遠 bē sio 仝，做 --ê kap 讀 --ê 永遠 bē 仝調，有時 koh 是天地倒 péng。我永遠無法度 tháu 破 che 其中是啥 mih 因端，人叫我做啥，我就做啥。冊 -- 裡 ê 義理是參考 niâ，求出社會有一份薪水 ē 得過 ê 頭路，規家伙仔食 ē 飽 koh 平平安安就好。

開票 hit 日我 tī 總部 leh 顧，tī 庄跤無啥議量，日頭落山，m̄ 是 tī 廟口大樹跤 phò-tāu、聽 la-jí-oh，無，就是 tī 家己厝 ê 亭仔跤泡茶，等待月娘叫你去睏。對政治 láu 仔來講，選舉是爭取權勢 kap 有利純 ê 政治事業 ê 起頭，thài ē-sái 講放就放。政治人物無 leh khong koh。

標 --a ê 競選總部就 tī 大廟邊，樓仔厝頂 koh 有竹篙搭 ê

khăng-pàng，內容是標--a kap hit 籤目前上 chhèng ê 政治明星，兩人 lóng 穿一條不止仔短 ê 短褲，beh 走標 ê 形。看--起-來 hông 感覺有健康、少年、勇壯、有力頭，chiâⁿ 正面。你若看過標--a，絕對 bē 相信 khăng-pàng 頂 koân hit 個 kap 伊是仝人，che mā 是一種選舉 ê 手法。聽講 éng 早相親 ê 時，若是家己 khah khiap-sì--ê，家長就 ng 媒人婆提相片去 kap 人對看，相片 lóng ē 小可 si-á-geh-- 一-下。我想應該無現此時--ê hiah phú-loh chiah tioh。

總部 tī 廟邊是真巧 ê 策略，用一般民眾對宗教 ê 信仰，用神明 ê 號頭來替伊加持，bē 輸是神明 ê 代理者，無人敢 m̄ 聽神明 ê 話。我對 che lóng 感覺真好笑，我是 chiâⁿ 鐵齒。操作宗教來影響政治是一種 chiâⁿ 有路用 ê 手段，民眾 lóng 是無知--ê。是講神明 kám bat 政治？我看，是政治 khah bat 神明 chiah 是，神明是 hia-ê láu 仔 ê 人質！

逐 kái 廟--裡若有活動，標--a 就 ē 安排一寡少年囡仔來指揮交通，koh 安排一寡廟內 ê khang-khòe hō͘ in 做，家己 tī 廟埕主持活動，順趁拍廣告 ê 時機。Lán 通庄 lóng mā bat--伊，票投 hō͘--伊應該是 chiok 自然--ê chiah 是。但是 lán ài 知，一切 lóng 錢伯--à leh 主意。成--ā 根本無 kā 錢 lóng pun--出-去，無 sak 錢，票 beh 按怎 tìng，濟濟作穡人規氣 tī 園--裡巡頭看尾 khah 實際。

我 iáu ē 記--得，開票 hit 日雨真大。拄開始標--a 票直直衝，尾--à，親像時鐘 tiāⁿ--去 ê 款，bē-tín-bē 動，標--a 面愈來愈

青，兩粒目睭仁 gîn-òⁿ-òⁿ bē 輸 beh kā 電視拆食落腹。競選總部有免費 ê 雞卵糕、汽水，tī hia 食免驚，soah lóng 無人來，冷冷清清。講實 --ê，標 --a 有 tiâu 無 tiâu kap 我無 tī 代，我 lóng 是為 beh 食一頓飯，政治有影我 m̄ bat，he mā m̄ 是 lán 有才調 chhap 手 --ê。

Siáng 知，錢伯 --à 影響力上大。

本 chiâⁿ 想講是 m̄ 是一票一千 iáu sioⁿ 少 ê 關係。尾 --à，風聲講錢 lóng tī 成 --ā ê lak 袋仔內，hām 一 sián 五厘 lóng 無 pun！我 mā 知影庄 -- 裡 ê 人為著 chit 筆錢，應該提 soah 提無著起呸面，想 mā 知百面「走票」--ê。標 --a tiȧk 好 ê 算盤全全亂 -- 去，第二 kái ê 失敗 koh beh peh-- 起 - 來實在無可能。伊心內想 --ê 就是揣成 --ā 算 siàu。

標 --a jîm lak 袋仔提手機仔 khà 電話，「Kán，hit 个水雞仔成活了 sioⁿ siān ê 款，敢 kā lín 爸裝痟 --ê。我若無 tiâu beh 走路，伊 mā bē sioⁿ 好過！」

標 --a 已經派兩个兄弟 beh 來處理成 --ā，不而過，成 --ā tī 江湖走跳南北二路烏道白道 bat 透透，是標 --a m̄ 知死活 chhiàⁿ 鬼拆藥單，烏食烏，hām 命 mā 賠 -- 落 - 去。舞政治確實 m̄ 是一般人 ē-sái 來舞 --ê。

開票日隔工，標 --a 隨叫我去請成 --ā 來食茶，我知食茶是好聽話，算 siàu chiah 是眞 --ê。成 --ā khah gōng mā 知，mā 早就準備好勢。後 -- 來，成 --ā 出來選議員有 tiâu，就知伊比標 --a

看愈遠。Tī伊面頭前，我hām話to lóng m̄敢thih，伊講啥問啥，我就應啥，m̄敢假瘖。Chit點我比標--a khah精光，mā是我ē-sái活到chit-chūn ê原因。

「Kán，lín爸提錢hō你買票，你kā lín爸ê錢lóng食--去。你是活了sioⁿ siān--ah--sìm？」標--a歹chhèng-chhèng leh質問成--ā。

「無--noʰ，我lóng mā有遵照你ê指示，逐戶lóng mā有提著錢，佫歡喜--leh，lóng mā講beh tǹg hō--你。你無tiòh，逐家lóng mā m̄相信。」成--ā面仔看--起-來無辜無辜，kan-taⁿ我知伊siáu鬼仔殼後壁ê實情。Hit時，我為beh飼家顧某顧囝，規家伙仔安全，實在無法度講啥，錢伯--à上大--lah。

「Hit日，m̄知柱--ā是m̄是食歹腹肚，一時腸仔肚lóng起leh滾，走去khah過ê甘蔗園hit爿hia放屎尿，順sòa èng肥。Siáng知一去就lóng無tńg--來。」柱--ā in老母oân-nā háu oân-nā講，警察tī邊--a做記錄。Hit時我已經beh升官--ah，雖bóng知影代誌ê前因後果，我講過為著一頓飯、規家伙仔，按怎mā tiòh-ài激khong激gōng khah無báng。

出人命定著ài有人來揹！

Hit日beh談判，成--ā早就準備好--ah。伊大心肝，che我mā知，我實在是m̄願得失in兩人，姑不二三將beh選擇，mā tiòh-ài選khah贏面--ê，kám m̄是？Hit个柱--ā ná moʰ壁鬼m̄知bih tī甘蔗園佫久，按怎處理標--a--ê，伊看kah清清楚楚，我

一時 tiòh 生驚，hit 枝 iân-pit 仔順手 kā 頭殼 pa--落-去，kā hit 枝烏星--ê lak tī 伊 ê 手，佈置好勢，chiâⁿ 做完美 ê 兇殺現場。爲著án-ne，我 tùi 家己 ê 大腿開一銃，講是爲著救成--ā 受傷 ê 證明。Hit 時我升做所長，mā 是 án-ne 來--ê，無，一个小小 ê 警察 beh按怎 chhiâⁿ 養你去國外讀博士！

「兇手就是柱--ā，伊就是標--a chhiàⁿ--來 ê 暗殺手！」我án-ne 交代派--來 ê 支援。成--ā chit 篰老江湖激 kah 若 sút 仔 lảk-lảk-chhoah beh 昏--死 ê 款。有阮兩人現場證明柱--ā 親像 moⁿ 壁鬼全款偷偷仔 bih tī 甘蔗園開銃，是我做保鑣--ê 守護無周至，chiah ē 造成標--a 死亡，in 厝--裡 ê 人 mā 無怪--我。Hit 時我 hām淡薄仔罪惡感 to 無，kan-taⁿ 歡喜有一个替死鬼，ē-tàng kā chit件代收煞。

我老--ah，chit 件代已經园 tī 心肝頭 beh 60 冬--ah，應該做一个結束--ah。逐暝睏 ê 時，我 lóng ē 聽見柱--ā ê 慘叫聲，跤鍊拖塗跤 ê 聲，伊 oân-nā 笑 oân-nā 講：「我知影 siáng 刣--ê，我 ē去揣伊算 siàu！」

順--ā in 阿公 ê 聲 liòh-liòh 仔驚惶，外口雄雄烏雲罩--落-來，bē 輸死神到位，beh chhōa 伊走。Hit 暝，伊大聲 hoah 一聲：「柱--ā，做你來！」了後就去--ah。

順--ā 前前後後聽 kah 掠無頭 cháng，但是智覺 chit 件代絕對 m̄ 是 hiah-nī 仔簡單。爲著先處理阿公 ê 後事，leh 款阿公 ê mih件 chiah 了解過去 ê 前因後果，siáng 是眞正 ê 暗殺手，陷害柱--ā koh是siáng，刣in pâ--ê又koh是siáng？……伊lóng總tī chit本筆記揣著答案。可能是神ê陪伴，尾--à，伊無將chit本冊园--tńg-去，顛倒tòe in阿公做伙去，tī火爐化做hu，化做火星。

靈堂設tī殯儀館慈恩堂，內底包括in阿公kan-taⁿ有兩个祭堂niâ。隔壁hit个堂不時有掛烏仁目鏡，穿se-bí-loh ná烏道ê人，koh有立委，甚至市長lóng來祭拜。後--來，伊chiah知hit个年歲看--起-來phēng in阿公koh-khah老ê人就是成--ā。

In兩人仝日死，幾點幾分to無têng無tâⁿ。

# 紅包lok仔

前一暝，老爸就hoan咐伊che最後一個月tiòh-ài pun紅包顧柱仔，頂擺票開--出-來眞歹看，chit擺絕對bē-tàng koh輸。阿楷請一寡兄弟仔kā頂koân送--來ê錢，逐家分工lok入去紅包，án-ne前前後後mā khai beh一禮拜。

連sòa幾若工走chông，kap人pôaⁿ-nóa，阿楷兩肢跤行kah thèⁿ腿，眞bē giàn koh再行。看著頭前一欉樹王公，大步行倚，一睏頭仔就坐--落-來。今仔日ê日頭有影ē曝死人，佳哉風眞秋清。伊suh一枝薰ná lim涼水，家己kā揹仔ê紅包提出來算算--leh，量其約koh有一里ê額iáu未pun完。Che錢甘khai，世間無生理人hiah gōng--ê。心肝頭家己leh想chit个一般人無法度看破ê戲齣。是講，chit擺bē-tàng koh輸--ah。若輸，無定ē出問題。

一chūn兇狂ê風無張持掃--過-來，bē赴收--起-來，hit疊紅包吹kah散掖掖，好佳哉chit tah少人，聊聊仔去khioh是bē減--得。Tī塗跤舞一睏頭仔chiah khioh chiâu，點點算算--leh減一包。徛起來beh揣，雄雄頭殼起烏暗眩，跤bē chih力，liam-mi koh un--落-去。看著一隻烏貓，來 tī 邊--a，m̄ 知影 tang 時來--ê。烏貓 m̄ 驚人，一雙目睭 siòng 金金，開喙叫一聲「來～」。阿楷叫是家己 tiòh 痧，聽 tâ<sup>n</sup>-- 去。烏貓 koh 大聲叫「來～」，kám 講伊知影另外一包飛去佗？有 chit 款想法，家己感覺愛笑。烏貓 ùi 花台跳--落-來，身勢眞優雅，ná 親像人指引方向，頭看 ǹg 另外一爿去。

有影 to tiòh！紅包 tī 無偌遠 ê 塗跤 hia，不而過，哪 ē ke 一包！

路--裡 ê 紅包 bē-sái 烏白 khioh，che 是一般人有 ê 常識。是講，che 紅包牽涉著選舉結果，bē 顧得鬼鬼神神 ê 傳說，兩包 lóng khioh-- 起-來。開起來看，一包是 té 錢，另外一包 mā 有錢，koh ke 一 chhok 頭毛、一張烏白 ê 人頭相。

查某囡仔眞少年，生張 koh 眞 súi。

Khioh-- 起-來就準 khioh-- 起-來--ah，beh tàn 掉 mā 講 bē 得過。雖 bóng，心內 soah 有一寡礙虐，有錢 koh 有 súi 查某囡仔 ê 相，che 鬼神古早就 tòe 時代變做笑詼--ah。論眞比，有時人比鬼 koh-khah 雄、koh-khah 驚-- 人。

「我是一枝柱仔跤，買票走 chông 跤 bē 麻，選舉操盤免人教，金錢活水 bē-tàng ta。」

歇睏夠--ah，心情清爽，七字仔 ná 編 ná 唱，鼓舞家己，緊 kā 錢送-- 出-去。有影 chit 擺立委選舉眞競爭，假使講無顧 hō͘ 好，m̄-nā 選無 tiâu niâ，hām 阿爸後一場里長選舉 lóng ē tiòhche。Che 心思不時就 ē 出來 cho 伊 ê 心肝。

　　路--裡，tīg 著阿纏姨，順 sòa 提一包紅包 hō--伊，koh hoan 咐 chit 擺 tìg 票定著 ài kā hit 箍人 khiú--落-來，ài hō lán 在地 ê 人來做，koh kā 叮 che 是大乙媽允 ê poe，無聽 bē-sái--得。阿纏姨無啥政治立場，家己一个人 tī 荼市仔賣荼 5、60 冬，住地鄉親無人 m̄ bat--伊，對柱仔跤來講確實是一个好對象。阿纏姨客氣應好，目神 soah 親像有寡 phì-siòⁿ ê 形，koh 問--伊，伊 kōaⁿ 一 kha siāⁿ 籃 beh 去佗，講是 beh 款去 hō 查某囝--ê。就 án-ne，無好 kā 伊攪擾，講一聲再會就告辭，越頭看 hit 隻烏貓 tī 伊跤邊細聲 chhan 叫，bē 輸 leh 講啥。阿纏姨目箍 chõaⁿ 紅紅，手 iàt--一-下，叫烏貓緊去。

　　Tiȯh，阿楷 mā tiȯh 緊去。「確實，我 mā ài 去顧柱仔。」家己 ná 講 ná 愛笑。

　　Chit 擺選戰是 chiah-nī 仔有危機，顧柱仔 ná 陸戰，摻寡網路抹烏 ê 空戰戰術，che 是 tòe 時代行，政治人物 ài 學 ê 技巧。庄跤所在，無啥好撇步，跤踏實地去行，chiah 有路用。

　　Chit 工 tńg--來 ê 時，阿楷看老爸氣 phut-phut，提一枝 lih--開 ê 國旗，「無啥 siâu 路用，家己 ê 國旗 m̄ 敢擇--出-來。」面仔 bē 輸紅面關公，血壓 chhèng-koân 激心，一手 chhah-koh 一手比來比去起 kàn-kiāu。老爸做文賢里里長 chit 个 khoeh 已經 30 多外，眞資深 ê 黨員，相信有一日 ē 拍 tńg 去對岸，完成統一 ê 大業。

「逐擺黨 beh 選，我佗一擺無拖 che 老命？」、「今天搞啥，把我手上的國旗搶走！國家的使命忘了嗎？對得起革命先烈嗎？」聽老爸今仔日發生 ê 代誌，伊攑國旗替人徛台，soah hō 人擋，koh kā 旗仔搶走，講 che 是獨立意識，大頭家 ê 無歡喜。

阿楷 tī 網路揣著 *YouTube* ê 影片點來看，真替序大人憤慨，想無 ng-ng-iap-iap m̄ 敢 kā 旗仔展 -- 出 - 來是為著啥。看阿爸 leh lé mā tòe leh lé，kā 老爸講 che 顧杜仔跤 ê 錢 lán 家己用就好 --ah，是按怎 beh 替 in kā 權力贏 --tńg- 來？Kám 有 pun 著湯 iah 是粒？

「我 thài 看無？你準講 che 錢有影是 ùi 黨提 -- 出 - 來 --ê？M̄ 是 --lah，che 是 ùi 對面來 --ê，chia-ê 無路用 --ê chit-má hām 國旗 to m̄ 敢 sa-- 出 - 來，就是後壁有大頭家 leh 監察，不時 leh 評估你 ê 死忠程度。」

老爸 án-ne 應。啥 mih bē-tàng 用錢買？任何 mih 件 lóng 有價 siàu，主權 mā thang 有拍賣。

老爸真骨力經營地方，主委 chit 个位 koh 是黨有 tàu thīn，錢聲 m̄ bat 欠 -- 過，sì-kè 辦活動，解決地方問題，親像殯儀館不時 mā 有派人 tī hia 送涼水、花箍、罐頭塔、對聯，無所不至。地方若有啥代誌無法度解決 --ê，就 ē 來揣伊 tàu-saⁿ-kāng、化解。舊年廟 -- 裡，講媽祖託夢 beh tńg 去湄洲謁祖（iat-chó）進香，有寡聲音講是 lán 媽祖變人細漢 --ê，無同意去，甚至講 che 是政治操作。He koh 是老爸一个一个去說服鄉親，兩岸血脈 sio 連、無法度分割。Koh 安排旅遊，交通接送一點仔 to 免

人操煩，保證凡若人出現，有食 koh 有掠。

　　時代變化緊，風水輪流轉。現此時黨 ê 運作無比以前，chit-má 是後壁大頭家 leh 指導，地方運作機制 chiâu 變，che 是做里長 ê 老爸上清楚 ê 代誌。做一个榮民 ê 後代，有機會替祖國做代誌真感覺光榮。Siáng 知落尾感覺愈來愈奇怪，che 祖國 m̄ 是伊所想 ê án-ne。

　　爸仔囝兩人交代一下仔 chit 兩、三日走地方 ê 代誌，講了已經翻點。阿楷雄雄聽著貓仔聲，明明聲音真近，beh 揣 soah 揣無 tī 佗位。Káⁿ-ná 是 ùi 房間傳--過-來--ê。

　　入去房間了驚一下，看著一个查某囡仔坐 tī 伊 ê 眠床墘，學生仔頭，穿一軀高中生 ê 制服，簡單 koh 秀氣，目睭大大蕊 ê 電--人，喙 phóe 兩粒酒窟仔真深 lōng，ná 笑 ná beh kā 人 khiú--入-去 ê 款。

　　Kā 問伊是 siáng，伊無 beh 應，無聲無 soeh kan-taⁿ 微微仔笑。Koh kā 問，伊 mā 是微微仔笑，雄雄起雞母皮，感覺 chit 个查某囡仔生做 chiâⁿ 面熟，m̄ 知佗位看--過。Chit 時 chiah 想著下哺時 khioh--著 ê 紅包 lok 仔，手 phih-phih-chhoah 伸去 gīm，kā 內底 ê 相片提出來看。面頭前 chit 个查某囡仔 kap 相片 nih hit 个生張 tùi-tâng-tùi-tâng。越頭起踅就 beh lōng，無細膩踢著戶 tēng 規个摔一下，bē 赴起身規路 kō 爬--ê 爬--出-去。大聲叫老爸無人應，一 chūn 捲螺仔風絞--過-來，感覺後壁有人，越頭看，hit 个查某囡仔 tòe tī 後壁，koh 是微微仔笑。

查某囝仔開喙就問：「你 leh 做柱仔跤--oh？」

阿楷心肝頭一時三魂七魄走 kah 無 tè 揣，做柱仔跤是老爸 ài 伊做--ê，án-ne kám ē 害死人？兩排喙齒 tiák-tiák 叫 koh 大舌，一句話講 bē 好勢，一字一字斷做子母音 chiah 吐--出-來。

「L…í、b…eh、chh…òng、s…iá<sup>n</sup>…？G…óa、k…ap、l…í、b…ô、o…an、b…ô、s…iû……」

話講煞，心愈虛！無定著老爸過去做里長 bāu 人工程，斷人錢財，害人跳樓，iah 是幫助 hia-ê 烏龍菁仔欉敗害社會，間接 chiâ<sup>n</sup> 做共犯。阿楷 m̄ 敢 koh 攑頭看，跪 tī 塗地，頭直直 khók。

隔工透早，老爸發現伊倒 tī 大廳，手--裡提一包紅包。伊掠準囝昨暝因為選情 ê 因素，煩惱 kah 睏無好勢，驚伊去寒--著，hiah<sup>n</sup> 一領被仔 beh hō kah，無細膩去 kā 阿楷拍醒。

「我無愛做柱仔跤--lah！我 m̄ 敢--ah！我支持台員獨立--lah！」

老爸喙 phóe 大力 kā sai--落-去，伊 chiah 精神。

「你 ta<sup>n</sup> mā *hâu*--ah，khah 著陰，日頭曝 kah kha-chiah--ah，iáu leh 陷眠，起--來上好，緊去顧柱仔！」

「我無愛--ah--lah，hit 个查某鬼知影我是柱仔跤，chiok 恐怖。」話 ná 講 ná tháu hit 包紅包 hō 老爸看，kí 相片 ê 查某囝仔。老爸看著相 mā 感覺面熟面熟，心肝頭 chhiák--一-下，想著啥 ê 款。M̄ 敢 ke 話，緊 chhōa 阿楷去大乙媽祖宮收驚，乞符仔化水

lim。

　　行入去廟緊揣廟公，tī 耳空邊講昨暗 ê 狀況 hō͘ 阿標師知，che m̄-nā 牽涉著鬼神代，koh 是人間利益衝突 ê 現實 kap 過去犯 ê 罪過。阿標 tī 地方人人尊 chhûn，hoah 水 ē 堅凍，聽著伊 ê 名，烏道白道逐家 lóng tioh-ài 目睭 peh 金，無，ē 食著鹹。Tī 阿標師耳空邊 nauh 規晡久，kan-taⁿ 聽伊直吐大 khùi、幌頭，落尾目睭放 kheh-kheh。聽著阿楷伯有相片，隨叫伊提 hō͘ 看，「有影，人 leh 做天 leh 看，人 bē chhiâu-chhek-- 得……」家己一人直直唸。看了，叫助手提去燒掉。

　　話無 koh 講 -- 落 - 去，羼仔內 ê 法器、司公道服款好，準備開壇驅邪壓煞。伊生張矮 tǹg 矮 tǹg，人食老後 koh 淡薄仔 khiau-ku，一軀道服拖塗跤，手攑蛇鞭、法索 ǹg 東南西北四方捽 koh 掃，phiak 來 phiak 去，pûn 牛角鼓呼請眾神守護，pûn kah 前廟 thàng 後廟。阿楷徛 thêng-thêng m̄ 敢 tín 動，阿標久無 kā 人收，一下 liù 手，法索飛 -- 出 - 去，親像一隻蛇飛 -- 出 - 去，lak tī 外口 tng 拄 leh 發爐 ê 金爐，mā 綴 leh 燒起來。Che 發爐代 hō͘ 人解 soeh 是大乙媽有話 beh 講。

　　Chit 件代誌，當然 hō͘ teh-- 落 - 來，hit 日 án-ne ê 因端，廟臨時臨 iāu 暫停信徒入門參拜。講是最近選舉期間，媽祖需要時間下凡巡查，sì-kè leh 無閒，mā 指示 ài 支持地方出來選 ê 少年兄。

　　幾若冬前，民主意識 puh-íⁿ，hām 鎮藍宮傳講媽祖顯聖託夢濟濟信眾，講廟 -- 裡主委四冬就 ài 重選，四冬輪一擺，bē-tàng 一人連 sòa 做兩屆。Che 威脅著一寡騙食占權 ê láu 仔。先顧腹肚，chiah 顧佛祖，原底靠 che 趁食，食 kah 油洗洗，thài 有可能講放就放。外口傳講廟內十外个金庫，內底金條、金牌疊 kah ná 山，鎖匙 tī 主委 hia，無輸開銀行，放款做莊，買賣土地錢咬錢，稅金一 sián 五厘 to khioh bē 著。Beh 做主委，講好聽是 ài 媽祖允，講歹聽是背景無硬 bē-sái-- 得。

逐多繞境搶轎是一種勢力 ê 展現，各派人馬 m̄ 是搶 kah 流血流滴，無，就是 ùi chit 條路拍到另外一條巷仔。落尾 mā 是冬瓜標師出面 chiah hōaⁿ-tiāⁿ。Hit 冬阿水 --à chit 个古意人無代無誌 beh 去報名選主委，無人感覺伊 ē tiâu，另外一派 ê 人極 ke 看衰尾，根本看 bē chiōⁿ 目。伊 kan-taⁿ moh 三塊磚仔 tī 廟口埕排 hō 好勢，徛頂 koân 演講，講主委換人做，廟 -- 裡錢財 bē 拍無，主委選舉 tiòh 公開，地方進步有人才，媽祖口號烏白用，可比烏道 ná 惡雄。落尾阿水 --à 氣勢愈來愈旺，愈來愈濟人來聽伊演講。逐工廟埕眞鬧熱，人陣 koh ē tàu hoah 口號，排擔仔賣 mih ài 先申請，買 mih 件 lóng ài 排隊。阿標 --a 去外口 sèh 一輾 kā 看，終其尾擋 bē tiâu，無出手 bē 用 -- 得。

阿楷老爸想 -- 一一下，m̄ 敢 koh 想 -- 落 - 去，過去 --ê 應該 hō 過 -- 去。Mā 知 chit 个時代 leh 進展，che 柱仔跤是無可能 hōaⁿ 久，家己 mā m̄ 知 ài 按怎做。M̄-koh chit 擺若 koh 選輸，m̄-nā 財產 ē 出問題，權力 lóng ē 無 -- 去。所致，猶原無叫後生停手。

隔兩工，阿楷 iáu 是照起工去巡街走巷、顧柱仔走 chông，

chòh-- 日查某鬼 ê 代誌已經放 bē 記 -- 得。是行到樹王公 hia ê 時，chiah-koh 想 -- 起 - 來，想 hit 个查某囡仔生張 mā 是眞 súi，若 m̄ 是鬼，做家後應該 mā 是 bē-bái。聽著貓仔叫，che 空思夢想 chiah 斷，發現家己無應該 hiah 無禮，尤其對方是鬼！鬼 kap 人 kám ē-sái 做伙！

Koh 是全一隻貓，阿楷印象 chiok 清，伊目睭尾仔有一粒紅紅、番薯形 ê khî，he 是床母留 -- 落 - 來 ê 記號。

阿楷 khû-- 落 - 來，身軀頂一寡喙食 mih liah 做細細塊仔 kā siân，手 ná iàt ná kā 叫。

「你 kám 有看著 hit 个查某鬼？我是柱仔跤無 m̄-tiòh，m̄-koh 我無害 -- 人 --lah。」烏貓倚來 chīn 手面 ê mih，chīn kah 清氣 koh beh 討。

「好 --lah，beh 來做 khang-khòe--ah。等 --leh beh 去開會。」想著時間 beh bē 赴 --ah。

Chit 个會議是 beh 評估量其約票聲 ē 有偌濟、對方 ê 票 ē 有偌濟、佗一區贏面大細、佗位 ē-tàng 繼續顧、佗位 ē-sái 放棄⋯⋯等等。內底眾大 kioh 已經坐 tī 上頭前排，面色無講 kài 好看。中 ng hit 个 m̄ 是啥人，就是阿標師。邊 --a ê 人 lóng khah koân 伊一粒頭，眞 hián 目 ê 精差，雙跤踏 bē 著塗跤，tī hia 幌 -- 啊幌，眞 ak-chak ê 款。手頭提 ê 是逐庄 ē tìng 票 ê 清單，ná 看手 gīm 愈 ân，兩片喙脣合 bā-bā，喙尾 jiâu 痕 勻倚，鼻頭 mā 翹 koân-koân，面 ná niáu 鼠。

　　下跤坐--ê有阿楷老爸kap幾个仔信ē得過ê柱仔跤。看阿楷行--入-來就問：「今仔日行了啥款？」

　　伊應講：「鄉親káⁿ-ná無前幾冬仔hiah thīn，講無--兩-三-句-仔，就講無閒，紅包tu hō--in koh ē e-the。」

　　阿標師ùi椅仔跳起去桌仔，手頭ê紙大力phiaⁿ--出-去，一手chhah-koh一手kí ǹg chia-ê柱仔跤。

　　「Che選舉m̄是爲我niā-niā，逐家lóng有好處，che khang-khòe是大頭家交代--ê，絕對bē-tàng koh輸！」

　　時代確實leh進步，陸戰顧柱仔應變掠外，空戰網路文宣mā tiòh-ài出動。Chit幾年忠國勢力愈來愈chhàng-chhiū，kap地方鳥道、宮廟培養關係，手路不止仔phú-lơh。逐擺選舉挾錢，網路抹鳥對方，製造假新聞，kā對敵éng過做ê代誌，歹--ê sì-kè放送，好--ê thèng好áu做歹--ê，hō對方khai時間、khai錢去澄清。致使民眾無法度思考，無法度好好仔選舉。家己私底下kap大頭家聚會ê時，若有唱六星歌，宣誓一生效忠黨，黨就ē提供資源拍贏選戰，hō地方勢力繼續生湠深耕。

　　阿標師鼓舞逐家，大聲hoah繼續戰，目尾看ǹg阿楷老爸，看伊胸坎前ê車輪旗，tùn-teⁿ--一-時-仔，chiah-koh繼續講。

　　「Che意識形態眞重要，不而過，tī江湖行踏ài ē-hiáu變竅，2022是眞重要ê一冬，lán bē-tàng hō大頭家失望，án-ne lán chiah ē有好未來。」Kā阿楷伯暗示，m̄-thang koh hiah白目提車

輪旗出 -- 來。In 兩人雙目對看，知影對方 ê 想法，阿楷老爸氣勢 khah 輸 -- 人，怨氣無 tè tháu。

阿楷 m̄ 知影佗一條線絞無 ân，攑手問 tang 時 beh 辦造勢活動，對方已經開始「**百日行路入鄉里**」，是 m̄ 是 mā 來辦一个「**一二一八大戰決，自由經濟大出發，海翁出帆 ē tńg-oat，統一忠國 tiȯh 爭奪**」？阿標師聽了 tìm 頭無應，khêng 實，阿楷無 leh 斟酌想家己講 ê 話，是想著 hit 个查某囡仔。

Tńg 來厝，阿楷老爸對大頭家 chia-ê 代誌真煩惱，伊是 thīn lán ê 黨，m̄ 是大頭家 ê 黨。In ê 使命是反共，恢復大中樺，大頭家是統一，消滅 lán ê 主權。Chit 暗，招囝過 -- 來，薰提 -- 出 - 來，tu 一枝過 hō͘ 囝。

「阿爸你想 -- 著 --oh，你 hō͘ 我食薰？今仔日開會 khí-mo͘ bái-- nih？」阿楷問。

「你 kám 知阿纏姨 --ā 有一个查某囝？」聽著老爸講，soah 起 giâu 疑，逐擺去 in 兜 lóng 是看伊一个人，茶市仔 mā 無人 kā 伊 tàu-saⁿ-kāng，佗位來 ê 查某囝？

1970 年代，大乙宮就 bat 有主委選舉，he 是阿楷 in 老爸第一擺做人 ê 柱仔跤，正確來講，是做阿標師 ê 柱仔跤。Hō͘ 人想 bē 到 --ê 是水 --à 敢徛出來 beh kap 阿標師競爭。阿水 --à 逐工 tī 廟埕演講，che 是真前衛 ê 做法，通人 lóng 感覺真趣味，真 hȧh 草地 khùi。上 kài 重要 --ê 是 hō͘ 庄跤人知影民主是啥，權力 kap 權利 koh 是啥。聽伊講 kah 喙角全 pho，批評烏金，講拜拜 m̄ 是拜

假--ê，香插bē正，心beh按怎ē正？叫兄弟顧廟寺，舞地下政治，借錢免還，koh有錢thang領，kā一寡民眾心肝頭m̄敢講ê話講講--出-來，人人呵咾，比大頭拇。便若講了，台仔跤眾人就hoah當選。Che聲勢thàng廟內外埕。

過無偌久，水--à無koh出來演講，通人mā無koh看著伊。聽講一日tī來廟埕準備演講ê時，hō͘人縛--去，hām伊拄讀高中ê查某囡mā chhōa-chhōa--走。到taⁿ，無消無息。

阿楷聽一下規个人gāng--去，感覺che政治有影lah-sap kah。家己接老爸ê khoeh做柱仔跤是趁寡所費，無想別項，若是講害著人，甚至害人家破人亡，che伊甘願無愛做。兩人討論到三更，老爸先hoah忝，tńg去房間歇睏，阿楷一个人看天頂ê月娘sùh-sùh[1]。一个烏影雄雄倚來tī跤邊，是烏貓。

「你哪ē koh來？」伸手來kā捽kha-chiah。烏貓喙咬一个mih hō͘--伊，jiâu-phé-phé一張紙，thián開kā看，che相片kám m̄是hông提去燒--去--ah？是按怎koh tī--leh！

烏貓有靈定著有beh求啥，阿楷知影chit个查某鬼仔ē koh來揣--伊，知in兜ê悲情，若是koh來，看是m̄是ē-tàng做寡啥貨--無。伊mā是拜媽祖大漢--ê，假使講有人利用神明來利益家己，che伊mā m̄願koh做--ah。

烏貓真有法度感應人ê想法，開喙對阿楷叫一聲「來～」。

---

1　sùh-sùh：一个人憂悶ê款，無講話。

阿楷小可躊躇，kā 老爸留 -- 落 - 來 ê hit 包薰抽 -- 一 - 枝，點
tóh，大力 suh 一喙，對烏貓講：「好，chhōa 我來去。」

　行到一欉木麻樹仔跤，烏貓séh 三輾，無偌久跳起去樹仔
頂，大聲哀 chhan，親像紅嬰仔 leh hoah 大人，háu kah 真悽慘。

　本底掠做家己心理準備好勢 --ah，siáng 知雄雄軟跤，un tī
塗跤，月娘 hō 烏雲 chảh-- 去，蟲 thōa ê 叫聲 lóng 總恬 -- 去，親
像 leh 等待啥 mih 代誌 ê 款。遠遠看見一个人行倚，阿楷緊 bih--
起 - 來，hit 个人形體矮 tǹg 矮 tǹg，手 kōaⁿ 銀紙錢 kap 香，tī 樹仔
跤邊 --a 一 pû 塗堆 hia 跪 -- 落 - 去。

　「Chia-ê 錢提去用，m̄-thang koh 來揣 --ah。過去就 hō 過 --
去 --ah。」可能鼻著阿楷 ê 薰味，驚有人，銀紙無燒，香無插，
生生狂狂就起跤走。原來是伊，阿楷想起阿爸講 ê 代誌，按算
家己無愛 koh 做柱仔跤，koh 替人敗害社會。

　月娘光 chhiō-- 落 - 來，烏貓跳落來 tī 樹仔跤 ê 塗堆叫一聲，
kap 一个穿制服 ê 查某囡仔 leh sai-nai，查某囡仔 loảh 伊 ê kha-
chiah，「多謝你 chhōa 伊來。」

　「你行 khah 倚 --leh，免驚 --lah，紅包你 khioh-- 著，我就是
你 ê 人 --ah。」

　阿楷 m̄ bat 想過娶某 chit 件代誌，koh-khah m̄ bat 想過娶鬼
仔某。

　行倚，細聲 kā 問：「我 beh 按怎稱呼 -- 你？」心內 mā 是
tám-tám。

「我叫阿敏。」

細細步仔行倚，來到阿敏ê面頭前，兩人對看笑笑。到底是查某鬼迷阿楷，iah是阿楷願意去hō͘ sahⁿ--著。Che眞歹解soeh。

「你有啥冤屈ê代誌，需要我做--ê？原來你是阿纏姨ê查某囝，我ē好好仔照顧--你，bē koh hō͘你流浪--ah。」

翻tńg工，柱仔跤ê穑頭無愛去做，家己一个人先去報案，講是30 冬前ê命案。分局長聽著命案，是大條--ê，叫阿楷講hō͘聽。Siáng知，聽了感覺伊leh hau-siâu，而且若眞正án-ne，伊mā m̄敢開案，驚惹著地方頭人。清清彩彩kā回應，講che無具體證據，mài烏白浪費官方資源，若是khah著陰，大乙宮去拜，揣阿標師收驚。

「揣阿標師收驚？我看是收命。」Chit層代誌看--來ài家己動手--ah，已經答應阿敏beh討公道，koh無好去揣老爸，想想--leh來揣阿纏姨--ā。

想著beh見丈姆，禮bē-sái無，家己chhoân一寡水果，穿西裝、皮鞋，koh刁工kat一个紅色ê chiú-chiú，kap伊平素時ê穿插差大碼。去粜市仔，看無人，問隔壁擔講是已經規月日無來排擔--ah。聽著án-ne，趕緊叫車去in兜看māi。

一下到位，看外口kat紅綵，頂koân一字「喜」掛tī門口，外口無半个人。阿纏姨--ā是按怎leh辦喜事？總--是，知影伊人應該是iáu康健，無啥代誌。

「阿纏姨，恭喜--oh，lín 兜辦喜事--nih？阿纏姨……」阿楷人 tī 外口 hoah-hiu-- 一 - 睏。

過無偌久，一个婦 jîn 人穿 hảh 軀 ê 旗袍，頭後 khok 梳兩粒頭毛 cháng，頭額毛 sūi 仔用一个尾蝶仔形 ê 頭毛 giap 仔 giap kah 眞精神，面仔笑笑，行出來看。斟酌看，阿纏姨生張 kap 阿敏眞正是母仔囝形，雖 bóng 年歲有 --ah，猶原有法度看出少年時美麗 ê 生張 kap 體格。

「是你，我已經等你一月日 --ah。」無想著 chit 个人是阿楷，替 in 老爸 kā 人 tàu hōaⁿ 柱仔跤 ê 人。

Phàng 是天意 ê 款，查某囝一個月前託夢來，討 beh 嫁，hoan 咐老母 tiỏh 寬心，kā 厝內 piàⁿ 掃好勢，ē 有人來講親 chiâⁿ。上 kài 重要 --ê 是去 kā 伊 ê 死體揣 -- 出 - 來，好好仔安葬，有一個好歸宿。阿纏姨看 chit 个阿楷，人是眞古意、客氣。總 -- 是，無阿水 --à ê 氣魄 kap 理氣。一時講無話，tú-chiah 歡喜 ê 心情 lóng 拍無 -- 去。雙手 am 面，眞艱苦。

阿楷提阿敏 --à ê 相片出來 hō 纏姨，開喙就講：「我有答應 -- 伊，我無愛做柱仔跤 --ah。一寡代誌是我過去 m̄ bat，我 chit-má khah 理解 --ah。」

「理解啥？你 bat 一籠 siâu！」雄雄變一个聲，阿纏姨頭攑起來 gîn-òⁿ-òⁿ 看 -- 伊，ná 查埔人 beh 招人釘孤枝。

「你 kám 知影啥是民主？民主 m̄ 是 ùi 天頂 lak-- 落 - 來 --ê，是用性命去 poȧh--ê，你 chit 个菁仔欉 gōng kah bē 扒癢，替人

hōaⁿ柱仔，組織地方對抗民主，選你做囝婿是 beh hō 鬼 kàn！」看著阿纏姨變一个人，歹 chhèng-chhèng ê 聲嗽 kā 惡，驚一下 chhōaⁿ 勼--起-來，m̄ 知影 beh 應啥。

「你是阿水叔？」一句話真無簡單 chiah 吐--出-來。

「你 kám ē 比 lín 老爸 khah 有出脫？做柱仔跤，你 it 著啥？Chhńg 食民主 ê 血肉，斷自由 ê 筋骨，未來 kám ē khah 好？」無想著阿水叔性地有影烈，有影是敢徛 tī 大乙宮演講，kap 阿標師爭取委員 ê 人。M̄-koh，今仔日伊是倚阿纏姨 ê 身講 chia-ê 話，伊是鬼，m̄ 是人。

想著 khioh 著 chit 个紅包，拄著鬼仔教伊實實在在 ê 政治代，家己心肝頭感覺世間已經無比 che koh-khah hàm 古 ê 代誌--ah。

鬼仔 ē-hiáu 看 thàng 人心，阿楷喙無講話，阿水--à 真知 chit 个 m̄-chiâⁿ 囝 ê 想法。

「驚像我全款 hông 掠去做肉粽角？每一个世代 lóng 有伊 ê 問題，是講，你有阮 hit 代無 ê 優勢，主要--ê 是你想 beh 留 hō 後代啥 mih kap 你本身按怎看家己。以早柱仔跤金主是忠國黨，現此時柱仔跤是對方歹厝邊出--ê，用錢寄付 saⁿ-kha-á，直接買主權，che 手路真幼。Koh 遇著 lín chia-ê 無思想，顧穿顧食、無 thang 曝乾 ê 人，落尾，就是做人奴才。無，你看米國仔是按怎三不五時就派官員來探台員有好勢--無？訓練 lán ê 阿兵哥？」

「阿水叔--à，陰間 ê 資訊 mā hiah-nī 仔流通！你做鬼 hām che 時勢、國際新聞 lóng hiah 清楚，網路訊號 kám 有通去 hia？」阿楷聽阿水叔 ná 攑一枝鴨頭仔[2]直直 tōaⁿ，一支喙講 bē 煞，mā 無 beh 害--伊 ê 意思，愈聽愈感覺 chit 个水仔叔無 hiah 歹，是一个真為 lán 地方，愛護 lán 國家，為社會 ê 鬼仔。

「做人 ê 時，為政治死，hām 查某囝 mā 受拖磨，15、6 歲 ê 青春 lian--去；做鬼 30 多外，正義 m̄ bat 見光，看大乙媽逐冬 hông 掠做 ná 人質，chiāⁿ 做政治 ê kiáu-tù，世人看媽祖面，就號做扛轎--ê 是善男信女。Khêng 實，he 比魔鬼 koh-khah ē 害--人、koh-khah 殘忍。」

外口 khóng 色 ê 天，雄雄 tân 一聲雷，天 kiōng-beh pit--去 ê 聲，地牛翻身 ê 低聲維持一 tak 久仔，阿纏姨精神--ah。家己想--一-下，真知是水--à 來倚身，伊 chiah ē 人真忝。阿楷 kā 扶--leh，驚伊昏昏--倒，叫伊坐落來歇睏，beh 斟茶 hō͘ lim。坐--一-睏-仔，khah 精神，阿纏--ā 就問楷--à：「你若 beh 娶鬼仔某，好，tòe 丈姆來一 chhōa。」

隔幾工，地方新聞獨家報導，講有人半暝仔 tī 樹王公附近燒銀紙，ná 拜 ná 會，hit 个人 koh hō͘ 路邊 ê 攝影機 hip--落-來。是一个矮肥、khiau-ku ê 人。Chit 條新聞通人議論，khah 老輩--ê 就想起 30 多前 ê 代誌。扞著選舉期間，啥 mih 新聞 to thang 報，

---

2　鴨頭仔：賊仔白，「散彈槍」ê 意思。

眞眞假假，是 beh 消磨逐个人對政治 ê 看法。

　　楷 --à 老爸看伊兩、三工無 koh 去 hōaⁿ 柱仔，叫來問最近 leh pìⁿ 啥 báng。伊應講無愛 koh hōaⁿ--ah，kā 阿水 --à hit 套講 hō͘ 老爸聽，koh 講台員 ài 獨立，chiah ē 有好未來。

　　「Kàn 你娘，你去 hō͘ 鬼 kàn-- 著，是按怎講 che 番薯仔話。行，koh 來去收驚 -- 一 - 下。」老爸眞受氣，感覺 hō͘ 囝忤逆，想 beh 叫阿標師 koh 收 -- 一 - 下。

　　「Ḿ-thang--lah，我等 --leh beh 揣阿纏姨。」

　　「揣伊創啥？Kám 有錢 thang 提？Kám 保證 lín 老爸後擺里長選 ē tiâu？」老爸半 phì-siòⁿ án-ne 講。阿楷 m̄ 知是 m̄ 是 ài kā 老爸講，伊 beh kap 纏姨去揣阿敏 ê 死體，beh 娶神主牌仔。

　　老爸 mā 感覺著無啥 tùi-tâng，無 koh 繼續問，拍算 beh tòe 囝後壁看 in leh 創啥。

　　來到樹王公跤 ê 時，阿纏姨 kap 兩个工人已經 tī hia，工人 lóng 攑 iân-pit 仔 leh 挖塗，看 -- 來已經挖 -- 一 -chhun- 仔 --ah。過無偌久，一个穿插 ná 地理師 ê 人行 -- 來，kap 纏姨講一下久，hia kí chia kí，羅經 to 提 -- 出 - 來，at chéng 頭仔算來算去，落尾，指示樹王公南 ㄅ 三米外 ê 所在。兩个工人隨停手，去新 ê 所在繼續挖，挖無三尺深就看 -- 著 --ah。

　　一个冊揹仔先挖 -- 出 - 來，埋 tī 塗 -- 裡 bē 堪得歲月 ê chhńg 食已經破糊糊，阿纏姨 ē 認得 he 是 in 查某囝 --ê。伊忍 --leh 無愛目屎流 -- 落 - 來。總 -- 是，伊一人頭 àⁿ--leh，ku tī 塗跤 hm̄-hm̄-háu， che 講 bē 出 -- 來 ê 苦 thàng 早就 ùi 嚨喉 kap 鼻甕內淡 -- 出 - 來 --ah。

　　代誌進行到一半，就 hông 放送 -- 出 - 去，來一堆記者，新聞 *SNG* 連線，比柴市仔 khah 鬧熱。阿楷看著老爸 tī 後壁，目神眞緊張 ê 款，chiah 想著老爸 kám 有參與著 chit 个命案？Án-ne 是 m̄ 是害著阿爸？

　　警察 mā 來 --ah，頭先攑牌仔警告講是非法聚會，落尾，有影挖著一寡事證，chiah 知代誌大條，局長 liam-mi 命令封鎖現場，大乙宮阿標師 mā 派一寡兄弟來現場探消息，烏道白道 lóng chiâu-chiâu 來。Koh 挖一尺深，發現一跤大跤塑膠 lok 仔，縛死死，眞重眞沉，現場逐个人 lóng 恬靜 -- 落 - 來。

　　鑑定人員判斷是人屍，要求送去法醫做刑事報告，m̄-thang 破壞現場。就 án-ne，現場人聲沓沓仔恬 -- 來。不而過，新聞已經開始轉播 chit 个命案，阿纏姨 mā 接受訪問，講 che 是伊離散 30 冬外 ê 查某囝，伊絕對 beh 替查某囝討公道。

　　Chit 條新聞鬧 kah 眞大，法務部請知名法醫楊月松來驗屍，講是 hông 催頷頸死 --ê，驗 DNA ê 結果，確定是阿纏姨 ê 查某囝阿敏。

　　知影 chit 个無意外 ê 報告，阿纏姨猶原無法度接受。「叫你 m̄-thang chhap 政治，你硬 beh，害死家己、害死囡仔，hō͘ 我食老無依無倚……」阿纏姨逐工一个人行去大乙宮廟埕前，大聲 jiáng；khah 老輩 ê 鄉親，知影阿水 --à kap in 查某囝 ê 代誌，lóng 眞 m̄ 甘，經過 ê 人 mā 聽 kah 眞艱苦。

　　總--是，chit 層代誌過無偌久就 hō 衛生部部長無掛喙 am ê 新聞，kap 副部長外口飼查某生囝仔 ê 消息 khàm-- 去。真濟人無 koh 致意 chit 個可憐 ê 婦 jîn 人，當然 mā m̄ 知過去有一个叫水 --à ê 人 tī 廟埕用性命 leh 演講，點醒 lán 人民主自由 ê 精神。Che mā 是黨 ê 操作。好人 beh 出頭真 oh，人 ê 心肝 beh 有公義 ê íⁿ 仔 mā 真 oh。

　　阿楷逐工來探阿纏姨，驚伊起痟，身體 bē 堪 -- 得。上驚 --ê 是有人 ê 揣伊麻煩，尤其是 che ē 影響著選舉。阿標師派兄弟照三頓去 kā 請安。阿楷老爸 mā 叫伊 m̄-thang koh hō 鬼仔牽 leh 行，時到 ē 像阿水 --à 全款，thiām 海做肉粽角。

　　「你 chiah hō 鬼仔牽 leh 行，人國旗 lóng m̄ hō 你提，你是 it 著啥？你 hông 出賣 --ah，khah 害 --ê 是你家己願意 --ê。」阿楷 --à 對老爸真無法度理解、真受氣，刁工講話 kā khau 洗，老爸竟然到 taⁿ koh beh 替 in 講話。

　　「做代誌，m̄ 免講 hia-ê 五四三 --ê。Ē hông kàn，你去選！」老爸真受氣，soah 講 bē 出啥道理。真驚後生 hō 人處理掉，親像水 --à 全款。

　　阿楷無愛聽老爸 ê 話，決定 beh 學阿水 --à 全款 tī 廟埕演講，koh 講後擺 beh 出來選，改變 chit 個政治 ê 結構。一開始真濟過去 ê 兄弟 lóng 來 kā 伊呸喙瀾、比中 cháiⁿ、chhoh-kàn-làk-kiāu、kā 伊 ê mài-kù ián 倒。Chia-ê 行為，koh-khah hō 伊確定伊所做 --ê 是正確 --ê。老爸 m̄ 甘伊 hông án-ne 欺負，mā 開始想 chit 30

冬來家己替阿標--a 做 ê lah-sap 代，躊躇 kám beh koh 繼續做。

　　行來阿纏--ā in 兜，想 beh 來揣伊參詳保護伊 ê 後生，ǹg 望阿纏 ē-tàng 體會做爸母 ê 心情，看是 m̄ 是 ē-tàng 勸伊 mài koh tī 廟埕演講。上無，選舉期間 mài 去 kā 阿標--a 刺激--著。

　　「刺激？你 leh 講啥貨？好意思來阮兜講 che！阮水--à hit 時 kap 你是好兄弟，你 kám 有徛 tī 伊 hia？到 taⁿ，死 tī 佗，你 kám 知？Lín 囝 koh 比你 khah 有 kioh-siàu。」阿楷老爸 m̄ 知 beh 按怎應，一粒頭殼 ná 千萬斤重，攑 bē 起--來。

　　「你 hiah gâu pun 紅包，規氣去廟埕 pun--lah。」講煞，就 kā 伊 hò--出 去。

　　阿楷老爸想想--leh，鬼 chiah bat 政治？Lán 人 m̄ 去 bat 政治，kám 講做鬼 ê 時 chiah beh 去 bat？家己舞柱仔跤 30 多外，到尾--à，做--ê soah 是害著家己國家 ê 利益，害死家己 ê 囝孫。半暝警察局 khà 來講阿楷 hō 人攑 bat-tah 拍 kah 頭殼全血，送去急診。看著囝 ê 時，伊規个面腫 kah ná 麵龜。He 是投票前一禮拜，看--來阿標師是決心 beh 阻擋任何對伊不利 ê 代誌。

　　阿楷不時夢著阿敏，伊 lóng ē 來看--伊，m̄-koh lóng 是坐 tī 邊--a 笑笑。「我 beh 走--ah，bē koh 來--ah。我 kap 阮老爸 ê 任務已經完成--ah，拜託你照顧阮老母。」Hit 日過，阿楷脫離上危險 ê 時期，唯一留--落--ê 是目尾一位番薯形 ê 號。

　　開票 hit 日，老爸 chhōa 伊走去無人揣 ē 著 ê 所在，真驚結果出--來 ē 有人對伊不利。Mā 叫伊手機仔 m̄-thang 開機，凡勢

有人定位 ē 揣--著。

後--來，楷--à 人 khah 好勢了後，有影是照約束去娶阿敏 ê 神主牌仔 tńg--來。聽講一開始，mā 是 poàh 無 poe，問講是 m̄ 是兇手無掠--著 m̄ 甘願，koh 應 m̄ 是。問 kah 三暝三日，猶原無一个結果。老爸看囝 án-ne 娶一个鬼仔某娶 bē 入門，心 mā bē 得過，che 無關輦轎、徛桌頭 [3] bē-sái。童乩起童了後，一下仔 ná 查某 leh 行路，一下仔 ná 查埔大步走，m̄-koh m̄ 寫字就是 m̄ 寫字，紅頭仔司公按怎問就問 bē 應。到暗時 10 點開票煞，新聞放送講是少年仔陳山丘贏阿標師 3,388 票，確定 kā chit 个久長 ê 烏金政治 ián hō̄ 倒。童乩喝一聲「好！」，mā tī 香 hu 枋頂寫字。

楷--à 老爸無 koh 選里長--ah，mā 無做柱仔跤--ah，m̄-koh 認真替鄉親服務，sì-kè 走 chông。阿楷 kā 神主牌仔請--tńg- 去了後，聽講是 súi 某指示叫伊揣網路紅人宣傳，內容就是 hit 日寫 ê「輦仔字」：政治民主化、主權自主化、社會自由化。

Hit 冬新正過年，路--裡真濟政治人物 sì-kè pun 紅包，內底 té 一篏銀意思意思，leh kā 人祝賀，che 紅包 kám ē-sái 提？阿楷老爸 phì-siòⁿ 講 che m̄ 知是 m̄ 是大頭家出--ê，beh 提紅包規氣去路--裡 khioh khah 贏，無的確 koh ē 娶一个 bat 政治 ê 新婦 tńg--來！

---

3　關輦轎、徛桌頭：道教 ê 儀式，用輦身 tī 一个有香 hu ê 桌仔頂面寫字，hō̄ 桌頭來解讀。

# 作品寫作、發表紀錄

| 篇目 | 寫作日期 kap 發表刊物 |
|---|---|
| 放毒 | 2021/7/1-23 寫。第十一屆臺南文學獎臺語小說組首獎，2021/10/5-6 修。《聯合文學》第 445 期摘刊；《臺江臺語文學》第 41 期。 |
| Kap 女同事 ê 祕密 | 2017/7/16 寫，2017/7/26 修。《台文戰線》第 71 期。 |
| 阿忠 kap 阿義 | 2015/6/8 寫，2016/6/14 修，2018/3/10 修。《台文戰線》第 70 期。 |
| 審判 | 2019/6/10 初步結構，10/1-28 完。《臺江臺語文學》第 38 期。 |
| 情刀 | 2016/4/22-8/22 寫。《台文通訊 BONG 報》第 330-333 期連載。 |
| 天星溪河 | 2015/3/7 寫，2015/5/8 完。《台文戰線》第 49 期。 |
| 阿芬 | 2015/11/24~2016/1/17 寫。2016 阿却賞「台語短篇小說」頭賞。2016/9/18，2017/10/18，增補。《台文通訊 BONG 報》第 284 期。 |
| A-lâm | 2017/8/28 寫。 |
| Saⁿ-kha-á | 2017/11/27-12/27 寫。《台文通訊 BONG 報》第 313-317 期連載。 |
| PP 基因新突變 | 2021/5/22-23 寫。《台文戰線》第 63 期。 |
| 走票 | 2016/2/12-20 寫。《台文戰線》第 43 期。 |
| 紅包 lok 仔 | 2021/11/10-23 寫。2021 教育部閩客語文學獎小說第一名。《臺江臺語文學》第 42 期。 |

國家圖書館出版品預行編目(CIP)資料

放毒：台語小說集/杜信龍著. -- 初版. -- 臺北市：前
衛出版社, 2023.08
　　面；　公分
　　ISBN 978-626-7325-13-1(平裝)

863.57　　　　　　　　　　　　　　　112008410

# 放毒：台語小說集

作　　者　杜信龍
責任編輯　鄭清鴻
封面設計　張　嚴
美術編輯　宸遠彩藝
校　　對　賴昭男、Ili Bok（穆伊莉）

出 版 者　前衛出版社
　　　　　地址：104056 台北市中山區農安街153號4樓之3
　　　　　電話：02-25865708｜傳真：02-25863758
　　　　　郵撥帳號：05625551
　　　　　購書‧業務信箱：a4791@ms15.hinet.net
　　　　　投稿‧代理信箱：avanguardbook@gmail.com
　　　　　官方網站：http://www.avanguard.com.tw
出版總監　林文欽
法律顧問　陽光百合律師事務所
總 經 銷　紅螞蟻圖書有限公司
　　　　　地址：114066 台北市內湖區舊宗路二段121巷19號
　　　　　電話：02-27953656｜傳真：02-27954100

出版補助　國│藝│會
　　　　　NCAF

出版日期　2023年8月初版一刷
定　　價　新台幣350元
ＩＳＢＮ　9786267325131（平裝）
Ｅ-ＩＳＢＮ　9786267325209（PDF）
　　　　　9786267325216（EPUB）

＊請上『前衛出版社』臉書專頁按讚，獲得更多書籍、活動資訊
　https://www.facebook.com/AVANGUARDTaiwan